FASTER

EDUARDO BERTI

Délaissant les grands axes, j'ai pris la contre-allée
A. Bashung et J. Fauque

Paradoxalement, les institutions devraient garantir le droit
à la fragilité des individus. Le droit, en somme,
de ne pas renoncer à sa propre humanité...
Roberto Scarpinato

La Contre Allée est une maison d'édition indépendante
qui fait confiance à votre curiosité depuis 2008.
Vous avez entre les mains la **première impression**
de *Faster*, et nous vous en remercions.

Collection La Sentinelle

FASTER

EDUARDO BERTI

he's the master of going faster

G. H.

Pour M.F.B.
Pour Mariel et Ulises
Pour « Cocho » et les lecteurs de *Sporting*

Scannez le QR code pour accéder à
la bande-son de Faster
créée par l'auteur.

Lorsqu'il s'agit de rattraper quelqu'un ou d'arriver à l'heure, on dit : il n'est pas nécessaire de se précipiter, il suffit d'accélérer au bon rythme pour atteindre l'objectif ; mais sans hâte, sans crainte de manquer de temps. Se précipiter, c'est l'excès de se dépêcher.
La vitesse exprime génériquement le mouvement prompt ou accéléré d'un corps ; mais la rapidité semble ajouter plus d'énergie à l'idée, plus d'élan au mouvement, représentant en même temps l'effort violent avec lequel le corps court et avec lequel il coupe ou sépare toute difficulté ou résistance qui peut lui être opposée.

Dictionnaire des synonymes de la langue espagnole
du général de brigade D. J. G. de la Cortina,
Mexique, 1845

I

FASTER

1

Je ne me rappelle pas s'il pleuvait quand je suis sorti de chez moi. Je ne me rappelle pas si j'avais prévu que ce jour-là, ce jour férié, j'irais voir mon ami Fernán chez lui, dans la maison où il vivait avec sa sœur et ses parents ou si, comme il est naturel quand on a quatorze ans, je m'étais simplement levé et avais obéi à l'impulsion de lui rendre visite.

Je me souviens que j'ai pris le train et qu'au moment d'arriver chez lui, trente minutes plus tard, il était presque midi.

Fernán habitait plus proche que moi du centre-ville de Buenos Aires, dans la luxueuse avenue Libertador. Je venais de quitter l'école privée bilingue, où nous étions camarades, pour me retrouver dans une bonne école publique où je me sentais heureux parce qu'elle était mixte dans plusieurs sens (non limitée à des garçons d'un même milieu social), cependant quelques anciens copains me manquaient, Fernán en particulier.

C'était curieux : il n'avait jamais été un vrai camarade de classe. L'école privée bilingue avait une classe A et une classe B, une différence qui ne devait rien au hasard, car la classe A réunissait les descendants d'Anglais ou ceux qui parlaient un anglais d'une qualité indiscutable, tandis que la B rassemblait le « reste du monde ». Comme Fernán était né aux États-Unis, et qu'il y avait vécu un certain temps entre Boston et New York, son anglais était digne de la classe A, où on l'avait inscrit sitôt qu'il avait mis les pieds dans cette école. En 1976. Vers le milieu de la sixième.

2

Même si j'étais un B, j'avais deux bons copains parmi les A, et l'un d'eux (un certain Lucas, aurait écrit Julio Cortázar) m'avait annoncé, un lundi matin, qu'un élève qui venait d'arriver lui faisait penser à moi. Un « condisciple importé d'Amérique du Nord », avait-il plaisanté. C'était Fernán, bien entendu, et je devais faire au plus vite sa connaissance, car on allait s'entendre à la perfection.

Ces mots ont tout de suite éveillé ma curiosité, mais aussi ma méfiance. Et si Lucas se trompait ? Quels traits de Fernán, l'« importé », le faisaient penser à moi ? Et si ces traits me déplaisaient ? C'est pour cette raison, je crois, que j'ai un peu évité Fernán jusqu'à ce que le hasard, si on admet que le hasard existe, nous ait obligés à nous asseoir l'un à côté de l'autre au cours d'un long trajet en bus scolaire, lors d'une de ces excursions plutôt exceptionnelles que nous, les élèves de la classe A et de la classe B, devions partager, telle une sorte d'expérience sociologique.

Dans le bus, à peine assis à côté de lui, Fernán m'a posé une question sans même lever les yeux, comme si on reprenait une discussion ancienne au lieu de bavarder entre nous pour la première fois. Il m'a demandé si j'aimais les Beatles et lequel des quatre était mon favori. Oui, cette question. Sans préambule. Je n'ai jamais été capable de répondre à ça, peut-être parce qu'on ne peut y répondre que de façon très nuancée. Mon préféré dans les studios d'enregistrement ? Plutôt Paul. Mon préféré comme personnage mordant et drôle, comme antihéros splendide ? Plutôt Ringo. Mon préféré sur scène, comme porte-parole du cri, comme gardien de l'anticonformisme ? Plutôt John. Mais mon préféré comme ex-membre des Beatles, parce que c'est lui qui a fait la meilleure carrière solo, selon moi, parce que c'est lui qui a le plus grandi après la séparation (car le groupe l'en avait justement empêché), a toujours été, sans conteste, George : mon favori comme talent discret et élégant, mon *dark horse* révéré.

3

C'est grâce aux Beatles que Fernán et moi sommes devenus amis.

Je me souviens parfaitement de ma réaction lorsqu'il m'a expliqué que son préféré était George. Je me souviens de l'avoir regardé comme si je le voyais pour la première fois, tout en reconnaissant quelque chose de moi dans l'étincelle de ses yeux.

Nous avons parlé pendant des heures dans le bus, ou du moins c'est ce qu'il m'a semblé, car le voyage n'a pas duré si longtemps. Nous avons parlé, je crois, de l'énormité de « Something », nous étions tous deux bouleversés par cette chanson, et nous avons alors scellé une espèce de pacte qui nous amena bientôt, trois ou quatre mois plus tard, à fonder un magazine artisanal. Un fanzine *underground*, comme on disait jadis. Un étrange magazine sportif ; étrange et inattendu car nous n'avions ni l'un ni l'autre l'âme du sportif, ou plutôt si, et c'était là que se trouvait la clé : nous avions l'âme du sportif et même l'esprit du sportif, mais en aucun cas le corps. Notre rapport avec le sport était essentiellement platonique. Une simple idéalisation de tout ce que nous étions incapables de faire.

4

Nous avons créé notre fanzine après la Coupe du monde 1978, quand le sport occupait un espace anormalement exagéré dans la presse du pays et dans les discussions quotidiennes du pays.

C'était un magazine bricolé auquel parfois contribuait notre cher ami César. Les lecteurs se comptaient sur les doigts d'une main, pourtant nous sommes progressivement passés de trente exemplaires, qu'il fallait feuilleter avec soin sous peine de les déchirer en quatre, à une centaine d'exemplaires.

Nos parents collaboraient avec des photocopies faites en contrebande sur leur lieu de travail respectif. On pliait ces photocopies en deux, les insérant les unes dans les autres selon un ordre préétabli, bien que facilement déroutant, pour ensuite les soumettre à une reliure primitive. C'était assez drôle parce que mon père et le père de Fernán nous disaient, grosso modo, les mêmes choses : qu'avec ces photocopies, de plus en plus nombreuses au fur et à mesure que le tirage de la revue augmentait, nous les mettions en danger, à la limite de l'illégalité. Cependant, des mois plus tard, comme la revue était bimestrielle ou trimestrielle, ils faisaient à nouveau des copies et allaient même jusqu'à en vendre des exemplaires, pour notre plus grand plaisir, auprès de leurs collègues et de leurs clients.

5

Notre revue recherchait la diversité : du tennis au basket, du passé au présent, de l'espace local au domaine international. Or nous n'avions jusque-là jamais publié un entretien avec quelqu'un qu'on pourrait qualifier de légende sportive, ni aucun entretien tout court.

Une espèce de timidité ou d'immaturité nous avait tenus à l'écart de ce genre journalistique. Pour cela même, cet après-midi, ce jour férié de 1979, quand Fernán m'a demandé à l'improviste « Et si on allait interviewer Juan Manuel Fangio ? », je suis resté interloqué. Un entretien avec une légende sportive, avec le grand symbole de la Formule 1 ?

C'était une folie. Pourtant j'ai senti que derrière la témérité de sa proposition il y avait du bon sens. Et qu'il avait mûri son projet. Car à peine lui ai-je répondu qu'un personnage comme Fangio était sans doute inaccessible, que Fernán est parti chercher l'annuaire téléphonique et que, d'un geste triomphal, il l'a ouvert à la page précise où l'on pouvait lire « Fangio Automobiles » et, plus bas, l'adresse et le numéro de téléphone.

« Appelons », proposa Fernán, comme s'il savait bien mieux que moi ce que nous étions capables de faire.

« Appelons, oui ! »

6

J'ai encore du mal à m'expliquer pourquoi Fangio, le plus grand sportif du siècle (chez nous on l'appelait comme ça, sans crainte de l'hyperbole), allait du lundi au vendredi, jours fériés compris, travailler dans une concession automobile. Avait-il besoin de cela ?

J'ai encore du mal à m'expliquer pourquoi l'agence automobile de Fangio, du *Chueco* comme le surnommaient les détracteurs (*chueco* : « aux jambes tordues »), du *Quintuple* comme disaient les admirateurs (*quintuple* : « cinq fois champion du monde »), n'était pas située dans une grande avenue du centre-ville. Quoi qu'il en soit, la marque de voitures allemandes à laquelle Fangio avait fait gagner tant de courses tant de fois n'exhibait pas sa grande vedette comme s'il s'agissait d'un trophée. L'agence était au contraire assez excentrée, loin des lumières principales de la grande ville, à quelques mètres du Riachuelo : le fleuve qui marque les limites de la ville.

7

Bien entendu, ce ne fut pas Fangio lui-même qui répondit au téléphone, mais un homme qui prétendait être son secrétaire. Fernán lui expliqua de sa voix candide que nous avions quatorze ans, un modeste fanzine, et qu'on voulait interviewer le champion.

« Un instant », demanda le secrétaire à Fernán. « Un instant, ne coupez pas ! » Il y eut une pause plutôt brève. Et la même voix : « Monsieur Fangio vous attend aujourd'hui à cinq heures. Ça vous va ? »

8

Comme nous ne partagions pas la même classe, parce qu'il était un A et moi un B, nous avons commencé à nous chercher avec Fernán pendant les temps de pause, dans la cour de récréation ou à la fin de la journée scolaire. Nous avions l'habitude de nous saluer avec des paroles des Beatles, principalement des chansons de George, même de sa phase solo, comme les agents secrets de ces années de guerre froide qui, aussi bien dans les films qui les représentaient sérieusement que dans ceux qui se moquaient d'eux en les parodiant, échangeaient des phrases étranges, des codes secrets, à titre de mots de passe.

Notre code était musical : l'un disait « You're asking me will my love grow », l'autre répondait « I don't know », deux fois, bien sûr, « I don't know » et on riait comme s'il s'agissait d'une invention de génie, sauf que souvent Fernán me testait avec des chansons plus obscures (et testait mon anglais, moins solide que le sien), ce qui me forçait à étudier, à réviser la langue et à revoir certaines chansons de George, comme « If I Needed Someone », dont les paroles désormais m'intéressaient davantage, ou « Beware of Darkness », dont le message dépassait alors mon humble compréhension.

Il y avait un paradoxe intéressant dans les premiers pas en solo de George : le plus jeune des quatre Beatles, le plus petit d'entre eux, concevait là un art adulte, une musique qui semble avoir été écrite il y a quelques heures et qui n'est en rien la bande-son d'un rêve de jeunesse éternelle.

9

Je ne me souviens pas en détail comment nous sommes arrivés à l'agence de Fangio.

Il pleuvait des cordes et, après avoir consulté un plan des rues, nous sommes allés prendre deux bus urbains. Deux *colectivos*. Je me souviens que Fernán protégeait de la pluie un petit sac qui contenait son appareil photo, son magnéto et les cassettes TDK, tandis que je consultais ma montre. Ce jour-là, le sol était extrêmement glissant. La pluie semblait plus forte et plus vorace que d'habitude, et une femme âgée, à une dizaine de mètres de nous, en train de traverser la rue, a trébuché, glissé, trébuché à nouveau, avant de s'effondrer d'un seul coup, le visage contre les pavés mouillés.

Tout cela a duré quelques secondes à peine, mais semble avoir pris une éternité : la femme essayant de ne pas perdre pied, agitant en vain les bras ; la chute et, comme un monstre sorti de nulle part, la voiture s'approchant d'elle ; les klaxons, les cris, la voiture essayant de freiner, et la femme à mon avis évanouie. Par miracle, la voiture s'est arrêtée, et la dernière chose que j'ai aperçue, car le deuxième bus arrivait, ce fut un homme accroupi afin de voir si elle respirait, si elle pouvait se relever.

10

Malgré les dangers (ce à quoi nous venions d'assister nous rappelait que les rues pouvaient être des pièges mortels), il y avait dans ces premiers trajets en solitaire dans la ville, loin du contrôle parental, hors des sentiers battus, une saveur exaltante, un sens du risque et de l'aventure qui ne s'est jamais répété en moi avec une telle intensité.

Quartiers pauvres, rues pleines d'ordures, immeubles plus ou moins délaissés, façades noircies, hommes assis ou tristement debout sur les marches : le paysage semblait sortir d'un roman.

Je découvrais une autre ville (ou son côté le plus cru) et, ce faisant, je découvrais à quel point mon idée du monde et mon expérience de vie étaient incomplètes ou partielles. Mais je découvrais aussi que tout était, comme nous le croyions alors, Fernán et moi, et tous les jeunes de notre âge, pratiquement à portée de main : le deuxième bus derrière le rideau de pluie, le secrétaire de Fangio, la femme tombée dans la rue comme une héroïne langoureuse et même Fangio lui-même, qui nous avait donné rendez-vous dans sa boutique de voitures. Le monde entier au bout des doigts.

11

Y a-t-il une question que l'on ne vous a jamais posée, après tant d'années et tant d'interviews ? En fait, je pense qu'on m'a tout demandé. Il y a toujours une anecdote ou quelque chose du genre, mais je crois qu'on m'a tout demandé.

12

Jusqu'à l'apparition de Fernán, telle une météorite, mon meilleur ami avait été le certain Lucas, moins par choix que par facilité, car non seulement il allait à mon école, mais habitait à l'angle de ma rue. Nous n'étions pas camarades de classe, ou plutôt, nous l'étions et parfois ne l'étions plus, parce que, son père n'étant pas anglais et sa mère étant fille d'Anglais, les hautes autorités de l'école n'arrivaient pas à savoir s'il fallait faire de lui un A ou un B, alors Lucas allait et venait d'une classe à l'autre, comme un personnage inclassable.

Ainsi, et sans que ce fût le but de cette situation unique, Lucas est devenu un agent double qui connaissait comme nul autre élève ces deux univers théoriquement séparés : celui des anglophones authentiques et celui des parvenus.

Notre amitié semblait bien sûr plus solide dès qu'il se nichait dans la classe B, et comme la mère de Lucas était une copine de ma mère, cela nous aidait énormément. Excessivement même, puisque très vite, j'ai commencé à le considérer comme le fils d'une amie de ma mère, plutôt que comme un ami à moi.

13

Il y a eu, je n'en doute pas, un tournant lorsque j'ai visité la maison de Fernán pour la première fois. Il m'a fait entrer avec insistance dans sa chambre, en me tenant par le bras. Il n'a fermé la porte qu'à moitié, m'a enfin montré sa collection de magazines et de disques (il avait promis de le faire dès le premier jour dans le bus, et je comptais les heures) et soudain, comme quelqu'un qui dévoile un secret, il a proclamé qu'il était réticent à mettre de la musique en arrière-plan (il l'écoutait en « avant-plan » ou pas du tout), et m'a ensuite initié à sa cérémonie : allumer la platine Soundmaster, toute à lui ; s'accroupir très lentement, sans poser les genoux sur le sol ; fermer les yeux pendant que la musique vibrait.

J'avais l'habitude de faire de même, mais je ne lui en avais pas parlé.

14

Depuis plusieurs jours, je regarde sur Internet les anciennes courses de Fangio, et ses exploits me font penser à un miracle de survie. Il apparaît là, fatigué. Sous une couronne de lauriers, avec son grand sourire au bord de l'inconfort, avec son allure d'aviateur de la Grande Guerre qui vient de sauver son peuple de la plus féroce menace. Il apparaît là, acclamé. On vient d'ouvrir le champagne, on est au cœur des années 1950, on dirait que les pionniers de la Formule 1 courent comme des fous pour laisser derrière eux un vieux monde. Oui, eux aussi.

Les images sont aussi grises que l'asphalte épais des circuits, et je me sens hypnotisé, à la recherche de quelque détail, d'un geste qui expliquerait ses vertus de manière claire et concise. Les images n'aident pas beaucoup à se faire une idée nette. Ce n'est pas Fangio dans sa voiture, agrippé au volant (agrippé au monde entier), qui dévoile le moindre indice ; au contraire, c'est plutôt Fangio casque à la main, au pied de son automobile, timide par rapport aux autres pilotes, plus gros ou grands ou musclés que lui, c'est plutôt cet autre Fangio qui dévoile certains indices.

Il y a quelque chose, me dis-je, dans son attitude corporelle qui le rend décidément léger ; il y a un calme, une lenteur sublime dans ce calme ; il y a une sécurité dans sa façon d'esquiver la cohue générale et les regards des autres ; il y a une façon de se réfugier dans ses réserves qui le rend léger. Alors que les autres érigent une barrière contre le danger, Fangio semble s'installer au cœur du risque, dans l'acceptation la plus totale de notre fragilité, avec la peur sur les genoux, cette peur qui l'accompagne comme une très vieille amie.

Fangio laisse entendre que gagner est plus qu'une question de vitesse, qu'être rapide est plus qu'une question de vitesse. Que la clé réside dans l'art de choisir la moindre lenteur pour chaque moment. Comme si le rôle d'un pilote ne consistait pas à savoir jusqu'où appuyer sur l'accélérateur, mais quand et combien il est utile d'arrêter d'appuyer là-dessus. Une vitesse optimale, construite à force de réticence, à coups de judicieuses décélérations.

15

Mon amitié avec Fernán n'en a pas remplacé d'autres. Elle a plutôt comblé un vide que n'avait rempli jusque-là aucun autre ami. J'ai vite réalisé que, tout comme moi, il était heureux d'un tel lien : un attachement digne de complices ou de conspirateurs. Notre fanzine était inévitable, je me dis, car généralement les complices éprouvent un besoin pathologique de faire connaître leur alliance, qu'elle soit légale ou illégale.

Nous avons publié en trois ans une vingtaine de numéros du magazine. Il y a eu un moment où nous sommes devenus des entrepreneurs, ou plutôt des imprimeurs. Ma mère nous a annoncé un jour que, dans un magasin de produits pour artistes, elle avait vu un hectographe, c'est-à-dire un copieur manuel qui, avec l'aide très simple d'un rouleau, d'encre et d'alcool, imprimait des centaines de copies à partir d'un modèle.

Ma mère a convaincu mon père de m'acheter l'hectographe et tout a changé soudainement. Nous ne devions plus taper chaque original sur des feuilles de papier ordinaire, mais sur une double feuille comprimée dans la machine à écrire : en haut, une feuille blanche ; en bas, une sorte de stencil au carbone qui estampillait le texte à l'envers sur le recto de la feuille visible. On devait placer ensuite le texte inversé sur le rouleau de l'hectographe, à l'image d'une matrice typographique.

C'était un système un peu primitif, certes, mais très utile. Et parfois ludique. Par exemple, lorsque je tapais à la machine sans utiliser le ruban encreur, quasi à l'aveugle, sans autre indice visuel que les traces comme en braille sur cette feuille superficiellement intacte, mais qui avouait ses pensées secrètes sur la face cachée.

Le système ne craignait pas les erreurs. Une lettre fautive pouvait être corrigée, au recto, avec ce genre de plâtre ou de maquillage que nous appelions correcteur, un vernis blanc qu'on laissait sécher et sur lequel il était possible d'apposer le mot approprié ; mais le verso ne pouvait pas être corrigé de la même manière (ou, du moins, Fernán et moi n'avions pas la maîtrise nécessaire), de sorte que, sur la face cachée, les deux orthographes, la mauvaise et la bonne, finissaient par se confondre, par s'emmêler, rendant plus ostensibles chaque petite confusion et notre ténacité à les faire disparaître.

16

Je me souviens du matin où mes parents m'ont offert l'hectographe : c'était le jour de mon anniversaire. À partir de cet instant, Fernán a commencé à venir beaucoup plus souvent chez moi. Notre maison avait un sous-sol assez sombre (sombre, mais pas sinistre) où l'on a vite improvisé un atelier d'imprimerie.

Nous avions mal aux poignets après quatre heures, cinq heures, à tourner la manivelle de la machine. Bien sûr, on continuait à profiter des photocopies paternelles, mais de manière restreinte. L'hectographe nous permettait d'imprimer des textes en couleurs et de réduire le nombre de reprographies. On mélangeait les feuilles imprimées à la maison avec celles photocopiées par nos parents dans le cadre de leurs travaux. Ces dernières étaient utilisées pour les photos.

J'aimais quand Fernán venait à la maison, passait des heures à mes côtés, discutait avec moi de mille choses pendant que nous imprimions. Quelqu'un qui aurait espionné notre travail aurait trouvé curieux qu'on parle beaucoup moins de sport que de musique, cinéma, romans ou bandes dessinées. Il est possible que le projet de publier notre fanzine ait été une façon maladroite d'aller à contre-courant, de ne pas faire comme la centaine de revues *underground* consacrées à Pablo Neruda, Bob Dylan ou Jane Fonda et aux graffitis d'un Mai français de plus en plus lointain.

Le fait est que, pour nous distinguer de ces magazines, on se rapprochait trop de la presse officielle. Nous ne parlions jamais de cela, très occupés à produire. À risquer et réussir, à risquer et échouer. À échouer surtout. Nous ne parlions jamais de cela, même si Fernán passait des journées entières chez moi.

Il étouffait chez lui, comme il aimait à le dire. Mais je savais que ce n'était pas si grave.

17

Arrivés un peu en avance, nous avons fait un petit tour en attendant qu'il soit cinq heures. Après nous avoir souhaité la bienvenue, le secrétaire de Fangio nous a installés sur un banc et presque immédiatement est apparu le champion, lentement, avec un aimable sourire, comme déterminé à empêcher qu'on puisse qualifier sa présence d'« apparition ». Il semblait heureux de nous voir. En tout cas, Fernán et moi étions heureux. Et assez nerveux.

Dans la grande et discrète agence, dans un espace bien visible depuis la rue grâce à une large vitrine, il y avait une vieille, très vieille voiture de Formule 1, parmi une dizaine de véhicules modernes importés d'Allemagne.

Aujourd'hui, je crois que la vieille voiture était rouge, ou je tiens à m'en souvenir de cette manière. Je pourrais même inventer qu'il s'agissait du modèle W196 avec lequel Fangio a remporté le Grand Prix de Buenos Aires en 1955 ou du modèle 300SLR avec lequel, la même année, il s'est classé deuxième dans les Mille Miles d'Italie, la course qu'il n'a jamais gagnée, peut-être pour prouver au monde qu'il était humain. De toute façon, il s'agissait bien d'une Mercedes, puisque l'agence de la rue Montes de Oca était spécialisée dans cette marque et il aurait été déplacé d'y montrer une Ferrari de 1952, une Maserati de 1957 ou une Alfetta de 1951.

La différence entre la voiture de Fangio et les véhicules mis en vente était énorme ; même nous, néophytes et enfants, pouvions la voir. La différence était aussi flagrante qu'entre la voiture de Fangio et les modèles de Formule 1 pilotés cette même saison par Niki Lauda, Mario Andretti, Jody Scheckter, Gilles Villeneuve ou l'impossible successeur argentin du maître Fangio qui avait aussi été, quel malheur, l'impossible successeur de Niki Lauda après son très grave accident : Carlos « Lole » Reutemann.

Bien qu'il y ait seulement vingt-cinq ans entre les championnats de Fangio et ceux de Niki Lauda, on aurait pu croire qu'un siècle les séparait. La voiture exposée à l'agence, peu importe sa couleur, était l'homme de Neandertal des grands prix. Aussi anachronique, je pense, que la sobriété de Fangio au temps de Muhammad Ali.

18

« La course, c'est la vie. Tout ce qui se passe, avant ou après, n'est rien d'autre que de l'attente. » Fangio aurait pu le formuler. C'est Steve McQueen qui l'affirme, cigarette à la main, dans le film *Le Mans*.

19

Je me demande souvent ce qui se serait passé si le secrétaire de Fangio avait dit non, impossible, le grand champion ne perd pas son temps avec de petits magazines artisanaux ou, plus diplomatiquement, rappelez dans quelques mois. Je me demande si un refus, cordial ou sévère, aurait fait une différence déterminante. Parfois, je me dis que non, que le mélange d'insouciance et d'intrépidité qui nous a animés ce jour-là (qui, plus encore, s'est manifesté en nous ce jour-là) aurait toujours été présent. D'autres fois, je pense plutôt que tout a commencé là, que nous devons à Fangio et à son secrétaire quelque chose d'une valeur incalculable.

Oui, c'est la faute de Fangio si, après l'avoir interviewé dans son bureau, nous avons décidé avec Fernán de partir, comme deux chasseurs, à la recherche de Mario Kempes. Oui, c'est la faute de Fangio si (après les avoir interviewés, Kempes et lui), un dimanche après-midi, peu avant la fin d'un match épique de Coupe Davis joué par Vilas ou Clerc contre le tout jeune John McEnroe, Fernán et moi nous sommes regardés de travers, devant le poste de télé, et envolés vers le Sheraton, qui à l'époque était le seul hôtel luxueux et moderne de Buenos Aires.

Je ne me rappelle pas comment nous avons voyagé. Par contre, je me souviens qu'on est arrivés sans connaître le résultat du match, quelques minutes en avance sur les Américains, et qu'on a vu une camionnette blanche s'arrêter et John McEnroe en descendre, toujours habillé en joueur de tennis, inchangé, taché de poudre orange jusqu'aux sourcils.

Je me souviens qu'on s'est immédiatement approchés de lui, qu'on lui a demandé une interview et que c'est uniquement alors qu'on s'est rendu compte qu'il avait les yeux vitreux, gonflés de larmes, rougis. Il a dit, je pourrais citer ses mots un par un, je pourrais même imiter le ton de sa voix, « oh, j'aimerais beaucoup, vraiment, mais je viens de perdre et… » et il a eu comme une boule dans la gorge et il est rentré dans l'hôtel.

Jamais plus je n'ai vu d'aussi près le visage d'un grand sportif vaincu. C'était accablant mais, spectateurs de son drame, on apprenait indirectement une bonne nouvelle : l'Argentin Vilas ou Clerc avait gagné !

20

Je me souviens de ce lointain après-midi avec Fangio et dès que je revois la scène, l'insolite laisse place au normal.

Au fond, je pense, Fangio avait consacré la moitié de sa vie à démentir ce héros au bord du fabuleux ; et pourtant, sa sympathie et sa discrétion ne faisaient que grandir le mythe.

Le mélange était si parfait (nerfs d'acier et cœur d'or, aurait observé un auteur de romans d'aventures) qu'il semblait quasi indestructible. Mais personne, ni Fangio ni les demi-dieux aux grands exploits, personne n'est à l'abri du temps impitoyable, ni de l'anachronisme le plus cruel, ni du fantasme de l'évocation erronée, aussi insolente que l'oubli.

II

FASTER

21

Cela fait quelques minutes que je relis notre interview avec Fangio. La recherche de l'exemplaire du magazine n'a pas du tout été facile. Je l'ai trouvé au fond d'une boîte au fond d'un placard au fond de la maison. Il porte de légères taches de quelque chose qui ressemble à du café ; il sent fortement le papier vieilli, l'encre abreuvée d'humidité et le confinement ; mais il est là, miraculé, à l'épreuve du temps, comme le sont tous les souvenirs.

Je relis l'interview après des décennies, elle est différente de ce que j'avais en mémoire : Fangio parle avec ferveur de ses premiers pas, des multiples problèmes qu'il a dû affronter, des personnes qui l'ont soutenu ou aidé. Puis, lorsque l'entretien dévie sur les heures de gloire, il met un coup de volant et accélère : « Non, tout cela est bien connu. Je préfère vous parler des débuts, vous êtes d'accord ? »

22

Fangio avait son bureau près de l'entrée. C'était une pièce isolée : un pupitre, trois chaises, un téléphone et quelques photos de ses exploits, une douzaine de photos accrochées aux murs sans trop de vanité. Presque par devoir, si j'ose dire. C'était un bureau simple, plutôt petit, et Fernán a eu du mal à trouver la distance nécessaire pour prendre cinq ou six clichés avec l'appareil photo que sa sœur lui avait prêté ou qu'il avait emprunté sans sa permission.

Je ne me souviens plus s'il a pris ces photos à la fin, au début ou au milieu de notre interview. Au fil du temps, prendre les photos à la suite de chaque entretien, lorsqu'on avait gagné la confiance de notre interlocuteur ou, du moins, lorsqu'on avait atténué sa méfiance, était devenu une espèce de règle sacrée. Mais Fangio était le tout premier interviewé de notre vie, et nous n'avions pas de règles, tout comme nous n'avions pas préparé un vrai questionnaire pour lui.

Nous étions impatients, tendus. Nous avions toute la candeur et l'inconscience qu'il était possible d'avoir dans ce pays, à cet âge, et à cette époque qui n'avait rien de candide.

23

Qu'est-ce que la compétition automobile pour vous ?
La compétition a été un moyen pour moi. Très jeune, j'avais la passion des moteurs, je voulais apprendre la mécanique. Mon père voulait que je travaille avec lui comme maçon, mais je préférais les voitures, et comme à l'époque il y avait très peu de possibilités d'étudier, surtout si on manquait d'argent, je me suis dit qu'il me fallait apprendre un métier. D'abord, pour ne pas travailler avec mon père, je suis allé dans une forge. Plus tard, j'ai trouvé un poste dans un atelier de garagiste, car il n'y avait pas de restriction d'âge comme aujourd'hui.

À quinze ans, j'étais pratiquement mécanicien-monteur. Dès l'âge de dix ou onze ans, j'allais au garage après l'école pour nettoyer les pièces et autres choses du même genre. Comme j'aimais beaucoup tout cela, j'apprenais de plus en plus. Tout reposait alors sur la pratique. Les moteurs, bien sûr, étaient plus compréhensibles. Aujourd'hui on parlerait de « mécaniciens intuitifs » car nous avions l'habitude de détecter les défauts à l'oreille. Les voitures sont à présent beaucoup plus simples à conduire, tandis que pour les mécaniciens c'est devenu plus compliqué.

24

Un samedi après-midi, alors que j'avais huit ou neuf ans, j'ai découvert les Beatles. Ce fut, dans tous les sens du terme, une révélation : je n'avais jamais entendu parler d'eux, jamais entendu une chanson d'eux.

Mon père possédait un voilier. Toute la famille (c'est-à-dire mes parents et moi, l'enfant unique) passait alors les week-ends au petit club nautique où le voilier était d'habitude amarré. Parfois, nous faisions une petite promenade le long de la rivière, mais en général, trop souvent, mon père devait s'occuper de mille choses sur le bateau : vernir, réparer un treuil, résoudre certains problèmes avec les cordages et les voiles… Pendant ce temps, ma mère s'asseyait sur le pont, lisait ou allumait la radio.

Ainsi, un samedi, après de nombreuses chansons trop semblables et assez médiocres, une espèce de bombe explosa. J'ai voulu savoir ce que c'était et, même si elle ignorait tout en matière de musique pop, ma mère m'a répondu « les Beatles ». À partir de ce moment, avec l'aide de mon copain Lucas, qui avait un père très jeune, publicitaire de profession, et vrai fan des Beatles et des Rolling Stones (oui, une chose n'empêchait pas l'autre), j'ai pu m'approcher des disques… et des cassettes, parce que c'était bien l'âge d'or des cassettes.

Je me suis émerveillé devant l'album *A Hard Day's Night* et je me suis dit qu'il était impossible à battre, jusqu'à ce que Lucas me donne *Help !* Je me suis émerveillé devant *Help !* et je me suis dit qu'il était impossible à battre, jusqu'à ce que Lucas me donne *Rubber Soul* avec un sourire. Je me suis encore émerveillé devant *Rubber Soul*, jusqu'à ce que Lucas me donne, avec ou sans sourire, *Revolver.* Je pourrais continuer encore et encore. Et d'ailleurs, c'est ce que j'ai fait. Mais sur aucun album je n'ai jamais retrouvé la chanson entendue à bord du voilier.

Environ trois ans plus tard, alors que les Beatles n'étaient plus une nouveauté pour moi, mais m'émerveillaient encore comme la première fois, Fernán m'a montré sa collection de rock argentin : Almendra, Los Gatos, Manal, Moris, Pescado Rabioso... Mon père n'avait plus de voilier. Ma mère passait les week-ends à la maison et lisait. Fernán est allé chercher un disque et a dit en posant le saphir : « Je parie que tu ne connais pas cela. » C'était la mélodie des Beatles, celle que j'avais entendue sur le voilier ! Alléluia. Alors Fernán a expliqué que la chanson s'appelait « Rompan todo » et que le groupe était uruguayen, Los Shakers, même s'il chantait en anglais, un anglais approximatif.

Cela veut peut-être dire que je dois aux prodigieux Fattoruso (les frères Osvaldo et Hugo, aux commandes des Shakers) mon entrée chez les Beatles par un chemin un peu tordu, tout comme je dois à Fangio mon entrée dans le journalisme et dans le domaine difficile de l'âge adulte ?

25

Depuis des jours je regarde de vieilles vidéos de Fangio. Il court comme s'il avait déjà gagné la course. Il court comme s'il n'y avait pas de concurrents. Il court comme s'il dégageait la voie. Il court, quand il est en tête, comme s'il était encore en train de courir après le leader. Il court avec la désinvolture des vents et des rêves. Il court comme s'il fuyait quelque chose d'horrible. Il court comme si le peloton qui le talonne était la mort. Il court comme s'il cherchait une solitude tranquille. Il court comme s'il contrôlait tout, en gardant le rythme, en exploitant rationnellement ces secondes d'avance avec lesquelles il semble être né.

26

Mes parents possédaient un tourne-disque de fabrication nationale, un Wincofón plein de bonne volonté, soudain devenu pièce de musée lorsqu'ils ont acheté une chaîne stéréo moderne pour la déployer comme une panoplie de trophées sportifs, sur une étagère du buffet de notre salle à manger. Le pauvre petit Winco blanc, par conséquent, s'est retrouvé dans ma chambre. Je l'ai accueilli à bras ouverts, j'avais huit ans, c'était la première fois qu'on me donnait quelque chose en dehors d'un jouet d'enfant ou d'un objet destiné à l'usage des enfants.

J'aimais allumer le Winco, passer et repasser le saphir aiguisé sur le bout de mes doigts et entendre, comme le bruit d'une poêle grésillante, le grondement toujours confus de mes empreintes digitales. Je soupçonnais (et personne ne m'aurait fait croire le contraire) qu'il n'y avait pas sur Terre deux êtres humains dont les doigts sonnaient de la même manière.

En plus du Winco, mon père m'a fourni une poignée de *long-plays* : Duke Ellington, Benny Goodman, une série d'airs de Noël interprétés par la voix douce et courroucée de Joan Baez, plus quelques tangos raffinés d'Osvaldo Fresedo, et *Wave* ou *Tide* de Tom Jobim. Un dimanche après-midi, mon père m'a enfin appris à utiliser tout cela. Je me souviens qu'il a exagéré chaque étape de la liturgie : sortir le disque, l'essuyer avec un morceau de flanelle, souffler un peu afin d'enlever les éventuels duvets, le tenir par les bords, poser le saphir avec précaution comme si on jetait un hameçon dans une rivière sans susciter un exode de poissons, régler le volume et ajuster enfin la vitesse parce que les disques avaient des révolutions différentes ; révolutions qui provoquaient en moi des associations comiques : guillotines, poings levés, torches rouges de feu dans la nuit…

Le Winco tremblait de tous ses membres, mollement, comme la Citroën 2CV blanche de ma tante tandis que le moteur chauffait, juste avant de se mettre en marche. Rien à voir avec la solide aseptisation de la hi-fi.

Je me souviens que ce dimanche-là, passant à la phase pratique après m'avoir donné mille et une explications, mon père a mis un disque de Louis Armstrong : « Alligator Crawl ». Ce fut un moment inoubliable et je pourrais copier, presque mot pour mot, ce que Sylvia Plath a écrit sur sa première rencontre avec la poésie. Soudain, j'ai réalisé que j'avais la chair de poule. Pourquoi ? Je n'avais pas froid. Ni peur. Mais je sentais en moi les ongles de quelque chose d'indéchiffrable. Une sorte d'enchantement. Je venais de découvrir une nouvelle façon d'être heureux.

27

Cela fait des jours et des jours que je regarde de vieilles images de Fangio sur Internet et mon fils, qui a l'âge de Fernán et moi lorsqu'on a discuté des Beatles dans le bus, mon fils me demande enfin, très pensivement, pourquoi je perds mon temps devant ces images brumeuses de l'âge de pierre.

C'est une expression qu'il a commencé à employer il y a seulement quelques jours et sans la moindre pitié, car même un tube de Michael Jackson ou la vidéo d'un but de Maradona ou Zidane sont, pour lui, des vestiges d'un âge de pierre, d'une de ces années qui méritent de s'écrire en chiffres romains.

Je lui parle un peu de Fangio. Je lui parle avec plus d'enthousiasme de l'immense modestie de l'ex-pilote que de l'immense légende du pilote, peut-être parce que la légende fait partie de mon immense âge de pierre, ou peut-être parce que je fais mienne la leçon que Fangio nous a donnée cet après-midi lointain en parlant de ses débuts, en tournant le dos à la notoriété.

28

Je ne me souviens pas si Fangio nous attendait déjà avec les verres de lait et les biscuits sur la table de travail de son bureau ou si, une fois que nous y sommes entrés et assis, il a pris le téléphone afin de joindre son secrétaire qui serait alors apparu portant sur un plateau deux verres de lait et un bol plein de boudoirs. Je ne me souviens pas si Fangio a bu aussi un verre de lait ou un café, ou simplement un verre d'eau, ou rien du tout. J'imagine que nous avons souri, que nous avons dit d'une seule voix (il nous arrivait souvent de parler tous les deux en même temps) « merci beaucoup », et que nous avons hésité entre commencer l'entretien tout de suite ou prendre le goûter devant le regard patient du champion.

J'avais mis, dans un sac à dos, des exemplaires de notre fanzine pour les montrer à Fangio et que Fernán puisse prendre des clichés de lui en train de le lire. De nous lire. Mais un peu distrait par le trac, par le lait et par les portraits du jeune Fangio qui ressemblait sur ces photos à un « vieil enfant » (comme Fernán et moi : un peu grands pour le lait et les boudoirs, un peu impubères pour cette aventure journalistique), à cause de tout cela, j'ai totalement oublié mon sac à dos et mon idée de clichés, qui n'était pas mauvaise, non, mais pas aussi novatrice que je voulais le croire.

29

Si je ferme les yeux, je nous vois, Fernán et moi, dans la cour de récréation, je vois la salle de classe sous une lumière un peu opaque et le dos de mes camarades, je sens l'odeur des crayons bien ou mal taillés, et dans mes oreilles résonne la liste des héros patriotiques : des militaires en grande majorité.

Mais si je ferme les yeux d'une autre façon, laissant filtrer quelque chose de vivant, la liste des militaires est immédiatement remplacée par les héros populaires, où Fangio, comme Carlos Gardel, comme certains boxeurs et joueurs de football, occupait à juste titre la place centrale.

Ce jour-là, dans la rue Montes de Oca, j'ai été frappé de voir assis à quelques centimètres de moi le membre le plus notable de cette liste sélective. Existait-il une formule, existait-il un secret pour acquérir le statut de héros populaire ? Le plus insouciant de ses gestes, je me suis dit, devait contenir un indice en réponse à cette question : sa façon de serrer les dents quand il souriait, l'habitude de hausser les sourcils pour atténuer quelque assertion, l'activité de ses mains agiles et dures à la fois.

Je me souviens de ces détails, je me souviens de son crâne qui semblait briller comme un trophée sportif (mais ça, j'y pense maintenant : je n'y pensais pas alors, avec Fernán) et même d'une sorte de grain de beauté ou de petite tache sur sa lèvre qui, par sa seule présence, transformait le héros en être de chair et d'os. Je me souviens de cela, ou probablement ma mémoire confond avec des choses vues plus tard, sur des photos ou à la télévision. Je m'en souviens comme si j'étais aujourd'hui en train de reconstituer un puzzle et qu'il y avait plus d'une figure correcte ou définitive. Je me souviens confusément, comme si je revoyais la vitesse de Fangio décomposée en mille éclats d'immobilité. Dans un prisme où tout se déroule au ralenti.

30

Je ne vais pas exagérer et écrire que ce jour-là, entre la pluie, l'accident de la femme, le verre de lait et les biscuits boudoirs de Fangio, notre enfance est morte ou a commencé à mourir. Je ne vais pas le prétendre, car cela reviendrait à une simplification ou à une mystification, mais il serait bête de nier qu'on a célébré devant lui une espèce de cérémonie d'initiation.

On arrivait à un âge charnière où l'on nous demandait et où on se demandait ce qu'on deviendrait une fois adultes ou, pire encore, quelle était notre « vocation ». Fernán détestait ce mot, vocation. Et détestait encore plus une éducatrice qui portait des costumes assortis d'énormes boutons dorés et apparaissait de temps en temps dans son lycée, qui n'était plus mon lycée, avec un fastidieux test d'orientation, qu'elle distribuait après avoir écrit en lettres de craie et au centre exact du tableau la même phrase : « La vocation est la colonne vertébrale de toute vie », sachant (ou non) que l'auteur de cette citation, qu'elle invoquait avec une certaine liberté, était un sujet dérangeant appelé Nietzsche.

Fernán méprisait cette femme, lui reprochant de répandre dans les écoles la croyance erronée qu'il était possible de choisir, et il se moquait ouvertement de la grande colonne vertébrale, celle-là même par laquelle passe habituellement le froid de la frayeur. Néanmoins, ce jour-là, après avoir rencontré Fangio, nous avons quitté le magasin de voitures le dos plus droit, comme si nous avions trouvé, plus qu'une colonne vertébrale, le mât de notre drapeau de départ ; le départ de quelque chose qui se dit, en notre langue natale, avec le même mot, *carrera* : « course sportive » et aussi « carrière professionnelle ».

31

Fernán avait une sœur âgée de deux ou trois ans de plus que lui. Notre école, je crois l'avoir expliqué, n'était pas mixte. Ou, en réalité, elle était mixte par un procédé singulier : techniquement, il y avait deux écoles, deux bâtiments différents, l'un pour les garçons, l'autre pour les filles, séparés par une voie sans issue (amateurs d'allégories, tirez-en les conclusions), la voie d'un train qui ne circulait guère depuis des décennies.

Comme la sœur de Fernán fréquentait cette autre école, qui pour certains professeurs ou parents était la même, je l'ai rencontrée pour la première fois en traversant cette voie, sans même me douter qu'elle était la sœur de mon inséparable ami – ce qui ne m'a pas empêché de penser qu'elle était incroyablement belle. Lorsque j'ai fait le rapprochement entre Fernán et elle (mais « faire le rapprochement » est excessif, c'est un truc de détective, et là il n'y a pas eu de déduction, ils sont apparus ensemble et il me l'a présentée : « ma sœur »), mon insatisfaction d'aller si peu souvent chez Fernán a pris un second sens. Non seulement je manquais la chambre, les disques et les livres de mon ami, mais je manquais aussi la chance de voir de près cette sœur dont Fernán ne se lassait pas de vanter l'attrait physique.

Cela nous faisait rire et nous inquiétait à la fois, César et moi, lorsque Fernán nous forçait à admettre haut et fort, comme si nous faisions un serment, que sa sœur était de loin la grande beauté de cette école à l'orée de la voie. Mais une autre chose me mettait encore plus mal à l'aise : j'aimais tellement Fernán, j'étais si fier de notre amitié, que je ne voulais pas qu'il puisse s'imaginer que je me rendais chez lui pour une raison étrangère au lien qui nous unissait.

32

Un jour, chez Fernán, malgré les cris de son ami, César avait regardé sa sœur à travers le trou de la serrure. C'est du moins ce qu'avait dit Fernán, et ce que la mère de Fernán avait confirmé tout en fronçant les sourcils.

César avait voulu protester en déclarant son innocence. Il avait réalisé le geste de se pencher et de coller son œil à la petite serrure par plaisanterie, pour imiter une scène d'un certain film. Devenu arbitre d'un fait dont je n'avais pas été témoin, j'essayais moins de rendre un verdict que de tenter, en vain, d'empêcher Fernán et César de se brouiller.

Cela a été, en tout cas, le début d'une nouvelle phase. À la suite de cet incident, Fernán et moi nous sommes éloignés progressivement de César et, ensuite, du monde du sport. Notre passion pour la musique changea notre champ d'action. Un moment critique approchait. Nous voulions explorer le centre-ville avec ses magasins de disques et ses librairies. Nous avions hâte de nous créer des missions professionnelles : interviews, achat de rouleaux de papier photos, achat de piles et de cassettes que notre magnétophone ensuite dévorait.

À ma grande satisfaction, la maison de Fernán était plus proche de cet univers. Que sa sœur s'enferme dans sa chambre, ou qu'elle soit absente, m'est vite apparu comme un détail mineur.

33

Et quand est-ce que l'automobilisme est apparu ? Très tôt. J'allais au garage tous les dimanches pour déplacer les voitures… J'allais sans cesse au garage pour voir s'ils me laisseraient conduire.

34

Si je devais dire maintenant ce qui m'a déçu dans notre rencontre avec Fangio, la chose qui me revient en tête est un détail si dérisoire et si frivole que je me sens presque rougir. Je veux parler de la voix, car ce jour-là, ce jour férié, la voix de Fangio me parut moins grave et moins imposante que je ne me l'imaginais alors, du haut de mes quatorze ans, la voix d'un demi-dieu national.

Je suppose que Fangio aurait bien ri de cela : de mes attentes si absurdes, de ma pauvre notion de « héros » et, surtout, de mes préjugés ; à l'époque, nous avions au pouvoir des militaires pourvus de très grosses voix, et on en connaît bien les funestes résultats. Toutefois, en y réfléchissant, je pense que la voix de Fangio semblait un peu aiguë parce qu'il évoquait ses victoires les plus spectaculaires ou improbables sans souligner ses prouesses. Comme surpris de ce qu'il était parvenu à réaliser, en remerciant la bonne fortune. J'ose dire que Fangio se sentait quasi étonné d'avoir à raconter cela. Si étonné que Fernán et moi nous n'avions pas la moindre raison d'être surpris. Rien de plus normal au monde que de téléphoner à Fangio, de le trouver à son poste de travail un jour férié, de demander un entretien, d'être reçus par lui des heures plus tard, et même de boire un verre de lait devant ses yeux… Oui, complètement normal. La chose rare, c'était de s'appeler Fangio, d'affronter des personnes âgées, adultes, jeunes, enfants de quatorze ans, et de tenter d'expliquer l'inexplicable.

35

Je ne me suis pas vanté de notre rendez-vous avec Fangio. Pas même auprès de César, qui était le candidat idéal pour ce genre de vantardise.

Qu'est-ce que j'ai dit à mes parents ? Je suppose que de retour à la maison, à l'heure du dîner, je leur ai résumé ma journée. Mais je ne me souviens pas de la moindre réaction de leur part.

Je me souviens en revanche que dès la sortie du magazine, qui annonçait bien sûr en grosses lettres l'interview du « plus grand sportif du siècle », notre voisin Eugenio m'a raconté avec émotion qu'à l'âge de onze ans, il avait assisté à une mémorable épreuve au cours de laquelle Fangio, au volant de sa Chevrolet, avait battu ses adversaires de légende, les frères Gálvez avec leur Ford ; une course après laquelle le musicien Anselmo Aieta, auteur d'une valse que ma mère adorait (« Palomita blanca »), avait composé un tango intitulé « Fangio ».

36

Je ne suis pas un expert au sujet de Fangio, mais je me plais à imaginer que l'appel de Fernán en cet après-midi pluvieux est tombé à point nommé, tout comme on m'a raconté qu'au cours des dernières décennies, prisonnier de sa cécité, Jorge Luis Borges attendait que quelqu'un se présente chez lui, ayant besoin d'une voix pour lui lire les livres qu'il connaissait par cœur, de même que Fangio connaissait par cœur l'épopée de ses victoires, la forme de chaque ligne droite et de chaque virage qu'il avait jadis « fatigué » : parce que, la veille de chaque course, il répétait dans sa tête le circuit comme une chanson (gauche, gauche, droite, troisième, quatrième, troisième), une chanson qu'il s'obligeait à fredonner de vive voix, pour ne pas se déconcentrer, pour ne pas se mettre à penser à des choses inopportunes quand il était seul en tête et qu'il n'y avait pas de menaces dans le rétroviseur.

J'ignore s'il était habituel que Fangio reçoive dans son bureau des enfants journalistes de quatorze ans. Peut-être s'agissait-il d'un culte officiel. Peut-être que Fangio stockait des quantités industrielles de boudoirs (ou de Bay Biscuits, ou de gaufrettes) et passait deux après-midi par semaine à se remémorer ses triomphes devant un public digne du ranch de Neverland. Dans ce cas, il s'agit du secret le mieux gardé du XXe siècle, car Fernán et moi avons raconté notre épisode un nombre incalculable de fois, même au-delà de notre cercle d'amis, et personne ne nous a jamais informés qu'il avait passé, lui aussi, un après-midi à manger des biscuits devant Fangio.

37

Aux yeux de mes parents, je pense, le fait de publier un magazine paraissait tout à fait normal. Chez moi, la lecture et l'écriture étaient des tâches appréciées. Mon père était un bon lecteur, mais ne supportait pas d'accumuler des objets et, à la suite de chaque lecture, offrait le livre qu'il venait de terminer à un ami, à une connaissance ou à la première personne qu'il croisait dans la rue. Mon père avait l'habitude de mettre un doigt sur sa tempe pour dire que c'était là qu'il gardait sa « bibliothèque invisible ».

Heureusement, il y avait une bibliothèque visible à ma portée : celle de mes tantes, Nelly et Sara, sœurs de ma mère. J'ai grandi en lisant les livres de mes tantes, enseignantes en littérature. Elles possédaient une collection extraordinaire, ou plutôt deux collections car, bien que vivant ensemble (« vieilles filles invétérées », avait décrété mon père), chacune possédait sa propre bibliothèque, ce qui impliquait des volumes répétés.

Je me souviens de mes premiers livres « de jeunesse » : non seulement Verne et Salgari, mais aussi les Hardy Boys ou la série *William* signée par Richmal Crompton. J'avais des dizaines de livres dans la collection Robin Hood, et quelques années plus tard, à l'âge de douze ou treize ans, j'ai appris avec admiration que mon professeur Jan Seyda, enseignant de mathématiques dans la classe A et la classe B, avait publié un roman dans cette même collection.

Jan Seyda a été le premier écrivain que j'ai connu personnellement, mais je ne lui ai jamais parlé de son roman, j'ai juste osé lui écrire une lettre anonyme lui annonçant (m'annonçant surtout) ma courageuse décision de me consacrer à l'écriture…

Mon premier pas dans ce sens a été une sorte de bande dessinée, « Mic, le Martien », les aventures d'un espion extraterrestre. J'ai conservé les deux cahiers et c'est très symptomatique : lors des premières pages, on trouve cinquante pour cent de dessins, mais ensuite le texte gagne en importance et, à la fin, les dessins constituent presque une anomalie, aussi ou plus extraterrestres que le martien avec son visage vert et jaune, avec son nez rouge et orange. Mes camarades de classe (dont mon ami Lucas, qui après un passage chez les A était revenu chez les B) ont été mes premiers lecteurs. Le cahier contenant les aventures de Mic voyageait de pupitre en pupitre, telle une soucoupe volante ; tout le monde lisait ou faisait semblant de lire ; personne n'a rien barré ni griffonné dessus, que de respect.

38

En dépit de ses efforts, mon père n'aimait pas notre voisin Eugenio, peut-être parce qu'il était un solitaire, un quadragénaire sans amis et sans enfants, qui prenait plaisir à bavarder ou même à jouer avec les gamins du quartier. Ma mère, tout en le qualifiant de « bizarre », estimait qu'Eugenio était inoffensif. Mon père n'était pas d'accord et voyait en lui un danger, mais il est vrai qu'il voyait des dangers partout, dans des endroits improbables : les disques des Beatles ou les courses de Formule 1, que je suivais sur la télé en noir et blanc.

Mon père avait tenté de m'interdire ces courses après une fameuse vague d'accidents mortels ou presque mortels, comme ceux de Niki Lauda, Tom Pryce et Ronnie Peterson. Ces années semblaient maudites, car il y avait même des pilotes qui mouraient en dehors de la piste : le Brésilien José Carlos Pace, par exemple, à la suite d'un accident d'avion. Les caméras diffusaient en direct des morts somptueuses, gratuites. Des scènes époustouflantes. Panaches de fumée. Voitures coupées en deux ou en train d'exploser.

Cela fait dix jours que je revois les images de cette époque de la Formule 1 et je comprends un peu mon père, je comprends son inquiétude lorsque je vois la panique et la pagaille sur le circuit de Monza en 1978. La caméra tremble dans le ciel, depuis un hélicoptère qui survole le tracé, mais on y distingue tout de même, avec une clarté glaçante, quelques pompiers qui luttent contre l'incendie, cinq ou six pilotes qui tirent nerveusement des flammes un collègue gravement blessé, des gens qui courent dans tous les sens, des médecins ou infirmiers portant un brancard… Des images de guerre, plutôt que de sport. Et pourtant, à cette époque, dans cet âge de pierre, cela nous paraissait normal.

39

« Dans une course, pas de temps pour deux décisions. Il n'y a de temps que pour une seule, et elle doit être la bonne. » Fangio aurait pu le formuler. C'est Steve McQueen qui le dit dans une interview avant sa mort, alors qu'il était malade.

40

À un moment donné, au début, avant de boire le lait ou pendant qu'on le buvait, Fangio nous a demandé quels étaient nos pilotes de Formule 1 préférés. Cela l'intéressait-il vraiment ? Ou bien l'a-t-il fait pour parler de quelque chose et vaincre sa timidité, presque aussi gênante, je crois, que celle de Fernán et moi ?

En rougissant un peu, j'ai mentionné Emerson Fittipaldi. J'avais peur que Fangio désapprouve ; j'avais peur que Fernán se moque de mon idole devant Fangio, de mon idole qui, après avoir été deux fois champion du monde, s'était obstinée à courir avec une voiture artisanale, disait Fernán, une sorte de jouet fabriqué dans son pays. C'était une plaisanterie entre lui et moi. Ou, tout au plus, entre César, Fernán et moi. Contrairement à ce qui se passait autour de George, dans le domaine du sport on aimait brandir des idoles différentes.

Je ne me souviens pas de la réponse que Fernán a donnée à Fangio. Je pense qu'il a hésité à peine, et qu'il a lancé le nom de Niki Lauda avec la garantie qu'il obtiendrait une approbation certaine. En revanche, je connaissais la réponse que Fernán taisait. C'était le nom du pilote mort à Monza, le pilote qui était aussi le grand héros de César. Le pilote auquel, cette année-là, 1979, George avait dédié une chanson intitulée « Faster ».

III

FASTER

41

« Yeah yeah yeah, les quatre jeunes hommes aux cheveux longs vont chanter. » On se marrait bien, Fernán, César et moi, des mauvaises traductions des pochettes des albums des Beatles et encore plus des traductions des chansons. Le « S'il te plaît, donne-moi du plaisir » ou « S'il te plaît, gratifie-moi » de « Please, Please me » transformé en un absurde et énigmatique « S'il te plaît, moi » (« Por favor, yo ») nous faisait imaginer un traducteur distrait, sans doute âgé, étranger au monde des Beatles, un professeur à la retraite que l'on aurait chargé de trouver une équivalence à un titre retentissant comme « Twist and Shout » et qui, sans le temps ni l'envie d'écouter la chanson (sinon il aurait compris que *twist* et *shout* étaient des verbes doucement impératifs), n'avait pas envisagé de pire issue que « Du twist et des cris » (« Twist y gritos »), c'est-à-dire deux substantifs, peut-être parce que pour ses critères antédiluviens deux noms communs sonnaient mieux que deux verbes, qui sait ?

Fernán nous a dit un jour, à César et à moi, en riant, que le traducteur égaré devait s'appeler Arturo, don Arturo, et on se représentait tous les trois le vieux Arturo se grattant le vieux menton, se demandant comment diable traduire des titres tels « I Me Mine » ou « Blue Jay Way », pauvre saint, jusqu'à ce que César nous ait fait remarquer qu'à coup sûr ces traductions étaient une blague formidable, une blague derrière laquelle se cachait Ringo, se cachait John ou un autre des quatre jeunes hommes aux cheveux longs, yeah yeah yeah, dans l'esprit d'encourager les meilleurs malentendus, pour se moquer de l'ancienne logique et de l'ancienne tradition de la traduction.

« Yeah yeah yeah, les quatre jeunes hommes aux cheveux longs vont chanter », c'était comme un cri de guerre que Fernán lâchait ironiquement avant de se mettre à déclamer quelques chansons des Beatles avec les mots de don Arturo, à proposer des versions arthuriennes du répertoire, comme « Une rangée de centimes de livres sterling » (« Penny Lane ») ou « Elle écrit sur le dos d'un bout de papier » (« Paperback Writer »).

Nous avons passé un an ou deux à nous amuser avec les traductions de don Arturo, puis nous l'avons oublié, mais une décennie plus tard, lorsque Fernán et moi avions vingt-deux ou vingt-trois ans et qu'un génie de la filiale argentine d'une certaine maison de disques a traduit *Brothers in Arms* de Dire Straits par *L'accolade des frères* (*Hermanos abrazados*), j'ai appelé aussitôt Fernán pour lui annoncer que don Arturo n'était pas mort, mais plus vif d'esprit que jamais.

42

Notre ami commun, César, le troisième dans l'équipe du magazine, a fait un après-midi quelque chose de plus grave que jeter un coup d'œil par le trou d'une serrure.

César était conscient que nous le reléguions à un rang inférieur en matière d'amitié. Il était un tiers exclu, plutôt qu'inclus, pareil à un George à côté d'un Paul et d'un John. Alors, avec une maturité inouïe, mais aussi avec un mélange de rage et de fierté que je trouve aujourd'hui bien raisonnable, César nous a réunis, Fernán et moi, un jour de mars 1979, après les vacances d'été, afin de nous faire deux annonces.

La première, celle qui nous a le moins surpris, était qu'il quittait le magazine ou, pour le dire autrement, qu'il nous laissait le magazine, bonne chance, profitez-en. La deuxième annonce était qu'il venait de démanteler, sans même nous consulter, notre pays, notre république secrète : une sorte de nation indépendante qu'on avait fondée tous les trois sur un terrain vague situé à environ cent cinquante mètres de la maison de César, en face du pavillon tape-à-l'œil de son oncle millionnaire, dont il parlait toujours avec une franche idolâtrie, un terrain auquel on accédait en escaladant un grand mur qui le séparait du monde ordinaire, où l'on avait planté un drapeau de fortune devant lequel, de temps en temps, nous chantions un hymne au peuple, un hymne inventé de toutes pièces par César avec des mots fabuleux, des mots de cet autre pays, et où l'on avait caché sous terre, au pied du drapeau coloré et de « type africain », selon Fernán, un cahier qui était la constitution, l'acte fondateur du pays.

César n'avait pas seulement enlevé le drapeau, il avait déterré le cahier, l'avait ramené chez lui, et y avait mis le feu par la suite. Un véritable acte d'indépendance, digne de cette république qu'il avait osé anéantir.

43

Quelle a été votre première course ? Ma première course s'est déroulée en tant qu'accompagnateur, de Coronel Vidal à Guido, aller-retour. La première course que j'ai faite seul, plus tard, s'est passée dans une ville appelée Juárez. Je venais de faire mon service militaire et, avec l'aide de quelques amis, j'avais monté un petit garage. Lorsque j'ai appris qu'il y avait cette course à Juárez, j'ai emprunté une voiture au père d'un ami. C'était un taxi, une Ford modèle A de 1929. Nous avons changé la carrosserie afin de participer à la compétition. J'étais troisième, mais le moteur a explosé au dernier tour. Ce soir-là, j'ai pleuré. J'avais investi toutes mes économies là-dedans et je devais maintenant, en plus, remettre la voiture en état pour la rendre au propriétaire...

44

L'oncle de mon ami César avait acquis le statut de millionnaire, mais personne ne savait ni comment ni pourquoi. Ou, en tout cas, personne ne voulait le savoir. Millionnaire, mélange de play-boy et d'éternel jeune homme, l'oncle de César se vantait de fréquenter des gens importants et, en janvier 1979, il nous emmena, César et moi, dans la tribune officielle du circuit de Buenos Aires pour voir Jacques Laffite remporter le Grand Prix de Formule 1 d'Argentine au volant de sa Ligier. Ce jour-là, pendant que les voitures tournaient, j'ai appris à mieux le connaître. Nous avons parlé de mille choses au milieu du rugissement des moteurs et des trépidations qui nous chatouillait les pieds, et il s'est avéré que, tout comme moi, il était un fan des Beatles.

Voilà pourquoi je n'ai pas été surpris quand, une semaine plus tard, l'oncle de César a appelé chez nous, a demandé à parler à mon père et lui a dit qu'il avait une invitation impossible à refuser : il savait de « source sûre » que George Harrison se rendait au Brésil (pour assister au Grand Prix d'Interlagos, à São Paulo, invité par son grand ami Emerson Fittipaldi), et il avait l'intention de nous emmener, son neveu et moi, suivre la course et voir comment, pour la première fois, un ancien membre des Beatles mettait les pieds en Amérique du Sud. Ou un membre des Beatles, à vrai dire, car il m'avait déjà expliqué en pleine course, sur le circuit, qu'il n'y avait pas d'ex-Beatles, comme il n'y avait pas d'ex-champions : la gloire était éternelle.

Mes parents avaient des doutes : tu connais ce type, tu l'aimes bien ? Mais l'oncle de César a insisté, les parents de César ont proposé de voyager eux aussi, et ma mère – grande nouvelle – a cédé. Alors cet été, même si l'argent était rare et que mon père avait des problèmes de travail, j'ai eu droit à un cadeau du ciel : au lieu de mourir de chaleur et d'overdose de télévision dans mon Buenos Aires bien-aimé, j'allais faire un voyage inoubliable. Un voyage inconcevable.

45

Brésil, 1979. Zico jouait pour Flamengo et Jorge Ben lui rendait hommage avec une chanson. Rivelino quittait Fluminense pour l'Arabie saoudite. Caetano Veloso présentait son hymne d'amour-haine pour São Paulo (« Sampa ») et Gilberto Gil sortait *Realce*. Quelle *saudade* !

Nous avons voyagé sur Varig, nous sommes restés à l'ancien Hilton de l'avenue Ipiranga, dans une vaste mégasuite au dernier étage : l'oncle dans une chambre, les parents de César dans une autre, César et moi dans une troisième. Les parents de César ont laissé leurs valises, ont annoncé qu'ils allaient faire des courses et nous les avons perdus de vue jusqu'à la fin. L'oncle de César s'est occupé de nous, nous a acheté des casquettes et des tongs colorées, nous a montré les billets pour Interlagos et nous a dit qu'il avait un grand ami qui était un grand ami d'Emmo, donc nous pourrions sans doute visiter les boxes et saluer les pilotes et George. J'ai demandé qui était Emmo et César a ri. « Emmo, c'est Emerson, ton idole ! » César, comme Fernán, se moquait de Fittipaldi avec ses énormes favoris et le lent patriotisme de sa Copersucar.

Nous avons fait le tour de cette ville, que j'ai trouvée détestable (« Narcisse juge laid ce qui n'est pas un miroir », chantait Veloso dans « Sampa »), nous avons nagé dans la piscine de l'hôtel et le lendemain nous sommes allés sur ce circuit qui était, ainsi nous a expliqué l'oncle, l'un des rares au monde où les voitures roulaient dans le sens contraire des aiguilles d'une montre. Voici pourquoi : parce qu'Interlagos reculait, le même Jacques Laffite a de nouveau gagné avec sa Ligier, et « Lole » Reutemann, deuxième à Buenos Aires, s'est retrouvé cette fois en troisième position. Mon ami César, qui avait apporté un appareil photo, était fou de joie. Quant à moi, je cherchais George partout avec l'aide inutile des jumelles et attendais de voir si l'oncle tiendrait sa parole et nous emmènerait aux boxes. Rien de tout cela.

Nous sommes retournés à l'hôtel et, remarquant ma frustration, le superoncle a promis de « remuer ciel et terre », d'utiliser ses contacts, tout ce qui était nécessaire pour arriver à George. Ainsi, le lendemain matin, il nous a fait monter dans une voiture décapotable, louée quelques heures plus tôt, et nous a conduits jusqu'à une plage un peu secrète, où – d'après ce qu'on lui avait dit – George allait passer du temps avec la famille Fittipaldi. La plage était une double explosion : de monde et de soleil. L'oncle nous fit découvrir des demeures opulentes sur le front de mer. Le mois dernier, Sophia Loren avait séjourné dans l'une d'elles. Dans une autre, lui-même avait été invité en 1977 à une fête organisée, je crois, par Kissinger. Mais César plissait les lèvres : il affirmait que son oncle était un affabulateur, qu'il ne jouait pas un si grand rôle et qu'il ne connaissait guère tous ces gens.

Une fois à la plage, nous avons attendu longuement. Toute la journée ? Non, à vrai dire. Car à un moment donné César et moi on s'est fatigués, on est allés dans la mer, on a commencé à jouer et à tout oublier. Comme si les Beatles n'avaient jamais existé.

46

« Mon tempérament est pacifique, je ne suis pas du genre à me bagarrer. » Fangio aurait pu le formuler. C'est George qui l'a dit dans une interview des années 1970. Ou encore : « Si vous aimez beaucoup votre vie, il y a plus de chances que les autres vous aiment », mais c'est Paul qui a dit cela. Ou encore : « Même si l'honnêteté ne vous permet pas d'avoir beaucoup d'amis, elle vous permet d'en avoir des bons », mais c'est John qui a dit cela.

47

Je ne me souviens pas que le secrétaire soit entré dans le bureau, ni que Fangio ait regardé la montre, ni que le téléphone ait sonné, ni qu'aucun autre hasard ou autre signe nous ait indiqué ou suggéré qu'il était temps d'en finir. Dans mon souvenir, c'est Fernán et moi qui avons marqué la fin de ce premier entretien. Quoi qu'il en soit, si Fangio ou le secrétaire ont dû employer un subterfuge pour nous inciter à finir, ils l'ont fait de façon si charmante et si subtile qu'on ne s'en est pas aperçus.

Il est fort probable que le dernier épisode, lorsque Fangio nous a promis de nous montrer sa Formule 1 en expliquant son fonctionnement, si nous le voulions (et bien sûr que nous le voulions), a été une manière subreptice d'indiquer la fin du rendez-vous. Encore une fois, il l'a fait avec une telle courtoisie et nous a donné une leçon si détaillée sur la voiture (parfaitement inutile dans mon cas puisque je n'ai jamais conduit ni eu de permis de conduire) que nous n'avons jamais eu l'impression de lui faire perdre son temps.

Je ne me rappelle pas, au-delà de cette « leçon », des autres choses dont on a discuté devant la voiture. Je me souviens que Fernán lui a soudain demandé ce qu'il aimait le plus dans les courses – une question théoriquement vouée à l'échec, une de ces questions que l'on regrette immédiatement d'avoir posées –, et que Fangio nous a confié que ce qu'il aimait avant tout, c'était le faux vent de la vitesse sur son corps, ou plutôt sur son demi-corps : son visage, son cou, ses épaules, ses mains. J'ai été très frappé par l'image : le faux vent de la vitesse. Une formule extraordinaire, une expression que j'ai retrouvée plusieurs décennies plus tard, perdue et sans emphase, dans un récit assez méconnu d'Emmanuel Bove, que Fangio n'avait sans doute pas lu.

Cependant, peut-être parce qu'il avait dit cela à côté de la vieille voiture et non en face de notre magnétophone, nous n'avons pas inclus cette réponse dans notre interview, incapables de transcrire la moindre chose qui dépassait l'enregistrement strict. Tel un procès-verbal restreint à sa transcription rigoureuse.

Une décision de jeunes naïfs, qui ont laissé passer le meilleur vent de cet après-midi. Comme si un supposé « vrai vent » était supérieur.

48

Cet été-là, après mon voyage au Brésil, de retour à Buenos Aires dans la maison de mes parents, ma mère a allumé un soir la télévision et soudain, comme dans un mirage, j'ai revu les images de la plage de São Paulo.

Un journaliste argentin avait réussi le miracle de localiser George et de l'interviewer. Le journaliste argentin, obsédé parce qu'il était fan des Beatles ou parce qu'il était, dois-je dire, encore plus fan de son métier et ne supportait pas qu'un personnage d'un tel prestige échappe à ses filets, avait passé deux ou trois jours face à la mer, montant et remontant la garde. Il avait parlé à Fittipaldi, l'avait même supplié d'intervenir et avait attendu… attendu le signal d'Emmo, annonçant de loin que George acceptait de lui parler. J'ai récemment trouvé la vidéo sur YouTube : une vraie rareté.

49

Et la première victoire ? Avant tout, j'aimerais vous parler de mon premier sentiment de victoire. C'était en 1939. Je pilotais une Chevrolet (il n'y avait pas de Ford pour moi) et j'ai remporté les deux étapes d'un grand prix. En fait, je suis arrivé cinquième. Mais j'étais le premier parmi les Chevrolet. Après cela, le vrai triomphe qui m'a sorti de l'anonymat s'est produit en 1940, sur la course Buenos Aires-Lima-Buenos Aires.

50

Je regrette de ne pas avoir posé certaines questions cet après-midi-là. Je regrette de ne pas lui avoir demandé, par exemple, s'il lui était arrivé de ressentir, avant une course, plus de peur que d'habitude ou une sorte de mauvais présage. Je suppose que si je lui avais posé cette question, Fangio nous aurait raconté la même chose qu'à Fittipaldi lorsque, avec ses deux coupes du monde au compteur, le Brésilien avait accompli le rêve de bavarder longuement avec son héros d'enfance.

À vrai dire, Fittipaldi, comme Fernán et moi, avait aussi eu une rencontre fugace avec Fangio, quand il était gamin. Son père, journaliste sportif à la télé et à la radio, était allé couvrir un vieux Grand Prix du Brésil avec son petit garçon Emmo, qui n'avait pu que murmurer, admiratif : « Bonjour Monsieur Fangio, comment allez-vous ? »

Une trentaine d'années plus tard, Fangio a raconté au grand Emmo une anecdote concernant le Grand Prix de Suisse 1954.

« Le vendredi après-midi », écrira plus tard Fittipaldi, « après s'être qualifié en deuxième position, Fangio décide de faire un dernier tour en présence de son épouse. Il descend l'une des très longues lignes droites de Bremgarten lorsqu'il croise et écrase sur-le-champ un chat noir. Le matin de la course, un samedi, Fangio se réveille très fatigué. Très nerveux. Plus silencieux que jamais. Il a un pressentiment de mort ».

Finalement, il s'impose de bout en bout, sous un orage torrentiel, et prend plus d'un tour d'avance sur la nuée de poursuivants.

51

Je ne me rappelle plus ce qui est arrivé à l'oncle de César. Je crois qu'il a déménagé dans un pays européen et que, du jour au lendemain, il a perdu presque toute sa fortune. Personne n'a jamais su comment ni pourquoi cela s'est passé. Quant à César, on a commencé à se perdre de vue tous les deux, tous les trois, dès que lui aussi a changé de lycée, et personne, ni César, ni moi, ni Fernán, ni nos parents, n'a fait grand-chose pour prévenir cette rupture.

Malgré le fait d'avoir cessé d'étudier ensemble, Fernán et moi sommes restés amis, et nous avons continué avec le magazine.

Nous avons interviewé un joueur des Pumas qui fumait une cigarette après l'autre et qui nous a demandé de ne pas en parler dans notre article ; un ancien champion du monde de boxe qui boitait très légèrement ; une gloire de la natation qui gardait une ancienne médaille de bronze olympique dans une boîte à chaussures (elle nous l'a montrée, les mains tremblantes, les doigts ridés par le temps et par l'eau), et aussi le vice-champion 1954 de Formule 1. José Froilán González, qui a permis à Ferrari de remporter le premier grand prix de son histoire et qui, comme s'il imitait Fangio, travaillait dans une autre concession automobile, celle-ci située dans le centre de Buenos Aires, à côté du stade Luna Park.

Plutôt que de créer nos propres mythes (comme cette république que César avait détruite du jour au lendemain), on partait à la recherche des mythes du monde extérieur : des héros, le plus souvent issus des milieux populaires, qui semblaient posséder une force hors du commun, une volonté inouïe, quelque chose au-delà de tout destin prévisible ; des héros dans lesquels on pouvait aisément se projeter. Ces géants sportifs, retraités ou en activité, nous éblouissaient par l'impondérable de leurs actions, par leurs exploits qui nourrissaient notre côté le plus rebelle et fantaisiste. J'ignore si on les fréquentait pour en tirer quelque chose ou, plutôt, pour les toucher et prouver qu'ils étaient réels. Mais aussi pour nous éduquer en public, notion attribuée à Karl Kraus : « Un journaliste est un homme qui s'éduque en public. »

Avides de preuves tangibles, nous avons pris l'habitude d'illustrer les interviews par des photos de toutes ces vedettes lisant notre publication. Bientôt, Fernán a proposé d'élargir cette méthode : on devait apparaître, lui et moi, sur certaines photos. Et c'est ce que nous avons fait, rarement lui, plus rarement moi, toujours de profil, avec nos visages imberbes, séparés de l'interviewé par un vieux magnétophone qui émettait un sifflement grandissant et un tic-tac insoutenable, comme un cœur révélateur.

52

Dès la naissance de notre revue, Fernán et moi avons passé près de neuf ans à écrire à quatre mains et à signer de nos noms, côte à côte ou l'un au-dessus de l'autre. Au bout du compte, nous avons breveté un système : celui qui signait en premier était celui qui avait transcrit toute l'interview et l'avait également révisée pour en faire une version finale qui, nous l'avons vite appris, était nulle et sans intérêt si elle se bornait à une copie fidèle, mot à mot, car il valait mieux réaliser de petits ajustements. Pour cette raison, l'interview de Fangio sonne aujourd'hui de façon scandaleusement littérale et ne respire pas vraiment : il lui manque cette illusion d'oralité que nous avons développée, sans que personne ne nous l'apprenne, entrevue après entrevue, à force d'essais et d'erreurs, jusqu'à ce que le papier imprimé et le sportif interviewé deviennent une même chose, une entité, tout comme Fangio et sa voiture.

53

Je ne saurais expliquer pourquoi cet après-midi-là nous n'avons pris aucune photo de Fangio à côté de sa voiture, ni bien assis à l'intérieur, à moins que nous l'ayons prise et que l'appareil photo n'ait pas fonctionné. Dans le seul exemplaire que je conserve, je regarde les cinq photos qui accompagnent notre interview (le verbe *accompagner*, j'avoue, dénonce l'amoureux des lettres ; un photographe répondrait que c'est le texte qui, au contraire, accompagne les images), je regarde aussi la photo de Fangio sur la couverture, et je ne vois pas la moindre trace de voiture.

Je garde cependant en mémoire l'instant où Fernán m'a passé l'appareil photo et où j'ai pointé, à deux ou trois reprises, la monoplace historique. Que faisait Fangio durant ce temps ? Parlait-il à Fernán ? Demandait-il quelque chose à son secrétaire si serviable ? Je me rappelle en tout cas qu'il se tenait à bonne distance. À l'écart de son véhicule.

À présent j'interprète cette scène, peut-être fortuite, comme une espèce de confession : Fangio n'éprouvait plus une communion absolue avec son engin ? C'était cela un ex-pilote, même le meilleur ex-pilote de l'Histoire ? Quelqu'un qui ne faisait plus corps avec son autre moi ?

54

« Le cheval entraîne le cavalier avec vigueur et rapidité, mais c'est le cavalier qui dirige le cheval. Le talent porte l'artiste très haut avec vigueur et rapidité, mais c'est l'artiste qui contrôle le talent. » Fangio aurait pu le formuler, George aurait pu le formuler, mais c'est Vassily Kandinsky qui l'a dit.

55

Mon fils est rentré aujourd'hui de l'école avec un devoir pour ce mercredi : il doit écrire quelques pages, une petite dissertation, sur le thème de l'amitié. À l'heure du dîner, nous discutons en famille de ce qui détermine une amitié. Nous émettons plusieurs idées qui ne sont pas définitives et n'atteignent pas les sommets de la haute philosophie, compte tenu de la fatigue générale, du contexte culinaire et de nos limites en matière de connaissance. L'altruisme, la confiance quasi aveugle, l'âme sœur sont trois notions qui nous viennent à l'esprit.

Lorsque mon fils va se coucher, ma femme et moi continuons à en discuter. Je lui dis que j'ai un rapport plus qu'hésitant avec une chanson qui affirme que les amis de l'âge adulte, les « nouveaux amis » nous aiment « à moitié ». J'aimerais prouver la fausseté de cette formule, et pourtant je la vérifie au fil des années. Au lieu d'être un couple qui parle d'amour, comme c'est la règle dans les bonnes ou mauvaises comédies romantiques, nous choisissons, le temps d'une soirée, d'être un couple qui cause d'amitié, un concept qui ne semble pas s'opposer à l'amour, sans que cela signifie que l'amour puisse être entendu comme l'amitié poussée à son paroxysme, car à cette notion il manque des angles plus inquiétants et plus complexes à expliquer, tels que les choses intimes reliées au désir.

56

Les débuts ont été difficiles ? Mes premières courses ont été riches en problèmes. On m'a toujours aidé, mais j'ai connu pas mal de désagréments. J'ai pu acheter ma première voiture grâce à des donations. Voici la liste ici, que j'ai gardée en souvenir. « Contributions pour Juan M. Fangio pour le *Grand Prix Mille Milles argentines 1939.* » Regardez les montants, celui qui a versé le plus a donné cinq cents pesos, d'autres n'ont apporté qu'un seul peso. Toute la ville de Balcarce a contribué. Pour la deuxième course, comme je ne pouvais plus demander de l'argent aux habitants, nous avons organisé une tombola. Le prix de la tombola était la voiture. Je me souviens que deux mécaniciens de Mar del Plata ont gagné, mais comme j'ai remporté la course, j'ai pu racheter la voiture avec l'argent obtenu grâce à ma victoire.

57

Peut-être que je demande trop au passé, mais si l'on avait mieux planifié notre interview (si on l'avait simplement planifiée), on aurait posé de meilleures questions à Fangio et on l'aurait amené, sans doute, à aborder des sujets plus intéressants.

Je regrette de ne pas avoir demandé s'il était vrai que, dans sa jeunesse, avant d'opter pour la course automobile, il s'était essayé à la boxe et au football. Je regrette de ne pas avoir demandé ce qu'il pensait des accidents en Formule 1. Il n'aurait pas non plus été inutile d'évoquer les réticences de mon père et celles de mon voisin Eugenio qui, tout fumeur qu'il était, se moquait de ces véhicules sponsorisés de la tête aux pieds par l'industrie du tabac. Il s'en moquait en assurant que les panaches noirs de fumée, si épais et si tordus à la suite de chaque accident, étaient une ingénieuse façon de nous vendre du tabac.

Je regrette de ne pas avoir demandé pourquoi son magasin de voitures allemandes était éloigné du centre-ville, ou s'il pensait que son tempérament (cette réserve, cette absence de prétention) avait fait de lui un meilleur pilote. Je regrette de ne pas avoir demandé pourquoi il avait pour coutume de changer d'équipe après chaque titre de champion et, surtout, comment il avait vécu le fait de changer d'équipe en plein milieu d'une saison au cours de laquelle, malgré tout, il avait encore décroché une couronne. Je regrette que nous n'ayons pas évoqué son enlèvement à La Havane, quelques heures avant une course, épisode que Georges Perec mentionne dans *Je me souviens*. Je regrette de ne pas lui avoir demandé s'il croyait qu'il serait possible dans le futur pour un pilote de dépasser ses cinq titres, ses cinq championnats, ce qui alors semblait irréalisable, mais je me réjouis qu'il n'ait pas vécu assez longtemps pour voir Schumacher l'égaler, puis le dépasser.

58

Je devrais envoyer à Fernán un e-mail lui proposant de relire notre entretien et d'écrire les questions qu'il regrette de ne pas avoir posées.

Notre première interview a été moins sublime que prévu, mais cela se justifie si l'on pense à notre âge et à notre immaturité. Même Fangio, lors de sa première course (lors de celle que l'on considère aujourd'hui comme ses débuts officiels, en mars 1938, à l'âge de presque vingt-sept ans), est arrivé à la septième place, loin du gagnant.

Comme une médaille splendide avec son revers (comme ces feuilles de papier que l'on introduisait avec leur stencil dans notre machine à écrire et qui finissaient par avoir le dos noirci), notre premier entretien a aussi marqué notre premier non-entretien : celui que nous aurions pu faire, mais qu'on a laissé passer ; la face cachée, la face restée sous silence. J'ignore si Fernán et moi l'avons compris tout de suite. J'ose dire que oui, à en juger par notre changement d'attitude lors des entretiens suivants.

Il a fallu à Fangio sept courses pour atteindre enfin une victoire, ainsi en témoignent les statistiques qui masquent les détails substantiels par des chiffres ; sept courses qui correspondent à deux ans, six mois et quinze jours entre ses débuts officiels et cette victoire. Avant cela, il y a eu ce qu'il appelait son premier « sentiment de victoire », et il n'est pas faux de penser que c'est précisément ce que nous avons ressenti face à lui, Fernán et moi, car Fangio a été notre premier sentiment de réussite.

Oui, je devrais écrire à Fernán pour lui dire que cela fait des jours que j'écris sur Fangio, ou plutôt sur notre rencontre avec lui. Je devrais, pour une fois, lui consacrer un long e-mail, un de ces messages que personne n'écrit plus parce que personne ne lit plus de longs messages, et y insérer une phrase de Marguerite Yourcenar qui semble taillée sur mesure pour notre vieil épisode : « Il y a certains moments de notre existence où nous sommes, de façon inexplicable et presque terrifiante, ce que nous deviendrons plus tard. »

59

Fernán et moi avons fait du journalisme en binôme pendant un certain temps (en apprenant en public à apprendre en public), au-delà du magazine sportif de notre enfance, après avoir atteint l'âge adulte, et nous avons alors commencé à percevoir un peu d'argent, jamais beaucoup, grâce à nos articles.

Je me souviens que Fernán rêvait de devenir journaliste, d'avoir un énorme bureau, une machine à écrire et un sévère téléphone noir au beau milieu d'une salle de rédaction ou pas au milieu, à vrai dire, mais dans un large espace isolé par une énorme cloison de verre, tel un bocal à poissons. Un bocal à humains.

Je voulais être écrivain ou, plus important et plus prioritaire, je voulais écrire : écrire pour moi, avant tout. Je voulais cela sans trop bien savoir pourquoi, sans me douter de ce que cela impliquait ou signifiait, mais je ne l'avouais à personne, surtout pas à Fernán, parce que je craignais que ce désir ne provoque un déséquilibre, une fissure dans notre alliance. Je voulais être écrivain, mais j'ai embrassé le journalisme comme un moyen de gagner ma vie, d'apprendre les secrets de l'écriture en général, de m'éduquer en public tandis qu'en privé, avec un mélange de patience et de bienséance digne de Fangio, j'apprenais d'autres aspects de ce que j'appelais Littérature, avec un grand L, et que, toujours en privé, je lisais et lisais sans fin, cherchant des armes et des astuces dans les textes des autres. Tout ça d'une manière comparable au jeune Fangio qui, dans son village de Balcarce, explorait les moteurs des automobiles, convaincu qu'il y avait là des astuces pour être rapide et, surtout, pour ne faire qu'un avec sa voiture. Comme ces musiciens qui sont une seule créature, eux et leur fidèle instrument. Comme George et sa guitare qui pleurait très doucement.

60

Mic, le Martien a eu une timide tentative de suite, un an après sa première aventure. Quinze ou vingt pages, pas plus. Un épisode sur une planète transparente qui abritait un arbre immense en son centre, pour ne pas dire en son ventre. Presque tous les dessins ont été laissés sans couleur, comme vides, réduits à un contour à l'encre noire, non pas pour faire un clin d'œil à cette rare planète aux entrailles en vue, mais par ennui ou lassitude de l'auteur.

Pendant longtemps, je n'ai rien écrit ou, en tout cas, je n'ai rien offert à lire de ce que j'écrivais, au-delà des textes de la revue. Mais un peu plus tard, encore sous l'effet de notre visite à Fangio et de notre voyage à travers Buenos Aires, j'ai conçu une histoire dont le premier lecteur n'a été autre que Fernán.

J'ai choisi comme héros un garçon de quatorze ans qui se réveillait un dimanche et qui, obligé de traverser la ville pour une raison indéterminée, se rendait compte avec effroi, et bientôt aussi avec désespoir, qu'il était le dernier enfant de toute la ville : comme le dernier représentant d'une espèce en voie d'extinction, ou comme le premier spécimen d'une race inconnue.

Fernán m'a rendu l'histoire, après l'avoir lue « plus de trois fois » (l'une d'elles, le détail m'avait impressionné, d'avant en arrière, paragraphe après paragraphe, pour voir comment l'intrigue se forgeait), et n'a critiqué que la fin. Mes deux tantes, les institutrices, ont émis globalement la même objection. Il est vrai que le dénouement ne pouvait pas être plus grossier : un rêve, un cauchemar, le narrateur qui se réveille, s'assoit sur son lit enveloppé d'une « pénombre de marbre » et pousse un grand soupir de soulagement.

Au fil des ans, j'ai constaté le caractère dangereux des idées trop singulières et des débuts trop puissants, surtout au moment de trouver une fin. Je l'ai remarqué clairement pour la première fois, je pense, dans les nouvelles de mon bien-aimé Marcel Aymé. De tels débuts me semblaient faciles à l'époque (peut-être le sont-ils au regard de l'imagination enfantine), mais le problème était de ne pas frustrer les attentes du lecteur ; de tels débuts étaient comme le départ d'une course (en natation, en ski, en voiture, peu importe) à un rythme quasiment impossible à soutenir. J'ai pris en compte les critiques, j'ai essayé de perfectionner mon récit, j'ai ajusté certains détails pour faire comprendre que les enfants, les autres enfants, étaient soudainement partis en fumée, mais je n'ai jamais trouvé un bon épilogue pour cette histoire. Même pas à mon âge adulte. Peut-être parce que la fin de l'enfance équivaut inévitablement à mille dénouements possibles, à un état de féconde incertitude.

61

Je ne suis pas un expert à ce sujet, mais dans mon enfance Fangio était une grande figure populaire, à tel point que certaines informations sur sa vie privée faisaient l'objet de rumeurs, et tout le monde répétait, pour ne citer qu'un exemple, qu'il ne s'était jamais marié. Certes, il y avait bien eu des femmes dans sa vie, mais ce que Fittipaldi dans son récit désigne comme « épouse » n'était pas tout à fait une « épouse ».

Tout le monde disait, d'une voix presque désolée, qu'il n'avait pas eu d'enfants ; tout le monde ou, surtout, les gens qui cherchent à se consoler des triomphes des autres en parlant de leurs échecs ou, ce qui est encore plus triste, en qualifiant d'échecs des événements qui sont souvent le fruit de décisions réfléchies.

Est-ce cela que George veut dire lorsque dans sa chanson « Faster » il parle des envieux qui guettent les défaites de leurs semblables ?

62

À l'époque, on était au courant que Fangio avait un neveu qu'il parrainait et protégeait : un certain Juan Manuel II, comme le successeur d'un roi, devenu pilote professionnel, et à qui son oncle servait peut-être aussi certains après-midi des biscuits et un verre de lait.

À cause de cela, et pendant des décennies, j'ai souvent expliqué la générosité de Fangio (le fait qu'il nous a consacré une heure, à Fernán et moi) par la théorie un peu simpliste de l'oncle sans postérité : celui qui traite les enfants comme des rois ou comme des successeurs de rois.

63

« Quand on ne sait pas où l'on va, la vitesse à laquelle on se déplace n'a aucune importance. » Fangio aurait pu le formuler, lui qui a si souvent insisté sur l'importance de « penser » en pleine course. C'est Cees Nooteboom qui l'a écrit.

64

Depuis une quinzaine de jours, je lis des articles sur Fangio et j'apprends à ma grande surprise que dans ses dernières années, au moins trois personnes, trois hommes nés en 1940, 1945 et 1949 ont prouvé ou presque, à l'aide de l'ADN, qu'ils sont les fils de Fangio. Mes théories se fragilisent, mais ces nouveaux éléments rendent le personnage encore plus fascinant. C'est la revanche de Fangio. La revanche du grand personnage public que tout le monde croit connaître mais qui nous fait savoir, après sa mort, que l'histoire qu'il a maintes fois répétée n'était, en somme, que ce que nous voulions entendre.

Le personnage dont tout le monde parlait, comme on parle d'un membre de la famille, était une sorte d'effigie que nous avions voulu ériger.

IV

FASTER

65

Cela fait une semaine que j'échange des messages avec Fernán. Il a accueilli avec patience et surprise mon obsession actuelle pour Fangio. Je lui explique peut-être en vain que, dans l'évocation inattendue où je me suis fourvoyé, Fangio est souvent Fangio (ce qui n'est pas dérisoire) et d'autres fois, avec un peu de créativité et de fantaisie, un prétexte pour aborder des questions qui nous concernent lui et moi.

Mon premier message a été assez long. Je me suis abondamment excusé d'avoir fait de lui un personnage de mon livre et, pire encore, d'avoir fait de notre amitié le sujet du livre, deux choses que je risque de regretter à l'avenir.

Fernán m'a répondu ensuite, en moins de dix lignes, que – même si cela semble incroyable – il ne se souvient de rien ou presque rien de notre après-midi avec Fangio. Bien sûr, il se souvient de l'entretien. Mais il n'en garde qu'une mémoire floue, dépourvue du moindre détail. Carte blanche à l'invention, plaisante-t-il à la fin, car il ne pourra ni confirmer ni réfuter ce que j'écris.

Dans mon message suivant, je me borne à lui faire comprendre que, dès qu'il lira ma version, sa mémoire se ressourcera (ceci m'est arrivé d'ailleurs après avoir relu l'interview) et qu'il saura reconnaître comme personne d'autre, comme lui seul pourrait le savoir, les points où j'ai exagéré, les points où je mens un peu (ou beaucoup) pour ma convenance.

66

Je pourrais naturellement insister auprès de Fernán. Je pourrais lui envoyer quelques pages, voir si cela réactive sa mémoire, comme une belle endormie qui ouvre enfin les yeux dans son conte de fées.

Je pourrais aussi lui proposer de m'envoyer ses souvenirs par écrit, afin de les ajouter à ma mémoire. Mais non, bien sûr que non : un livre sur Fangio, un livre autour de Fangio, doit être écrit à toute vitesse, plus encore que les autres, et pour cela, l'auteur doit faire corps avec l'histoire qu'il souhaite raconter.

Ce serait vachement ironique si on signait ces pages ensemble, comme lorsqu'il y a deux mille siècles, à l'âge de pierre, on signait en binôme nos articles journalistiques et qu'on vivait encore avec nos parents respectifs.

67

Fernán n'a jamais réussi à pardonner à César, pour sa sœur et, encore moins, pour George. Pourquoi m'avaient-ils invité moi – seulement moi – son oncle et lui ? Pourquoi l'avions-nous laissé en dehors du voyage ? Cela l'avait rendu furieux qu'on ne l'ait pas prévenu que George se rendait au Brésil. S'il avait su, il aurait convaincu son père et il serait évidemment rentré de São Paulo avec un magnifique autographe de son musicien préféré.

Dans notre longue amitié, qui a aujourd'hui presque un demi-siècle, c'est la seule fois où Fernán s'est vraiment vexé contre moi (la seule si l'on excepte une autre que je mentionnerai plus tard), mais j'ai su gagner son pardon : je n'avais pas eu le réflexe de lui dire que j'allais au Brésil avec la famille de César parce que je me sentais coupable et surtout parce que la nouvelle m'avait tellement enthousiasmé que, mea culpa, mea culpa, j'avais oublié son existence…

Quelque part on méritait, César et moi, d'avoir attendu des heures sous ce soleil accablant et de ne pas avoir rencontré George. Et on méritait encore plus de regarder à la télé, comme piètre consolation, comme punition cathodique, cette entrevue où le journaliste argentin demandait à George s'il s'intéressait au tango et l'interrogeait ensuite sur le très jeune – à l'époque – John Travolta.

68

Le journaliste argentin était un peu pote avec Fittipaldi, qui lui-même était un vrai pote de George, et il a espièglement compris que cette amitié commune, même si elle formait un triangle fort déséquilibré, était sa porte d'entrée dans l'univers des Beatles.

Le journaliste argentin s'est posté sur la plage de São Paulo, à une vingtaine de mètres de l'océan, sous une chaleur voluptueuse, et il a dit au caméraman de filmer de loin la scène de George, Emmo et les enfants. De filmer les doigts croisés, si l'on peut filmer en croisant les doigts, espérant qu'enfin Fittipaldi fasse le signe convenu pour lui annoncer que George acceptait l'interview.

Le journaliste argentin a poussé un cri de joie, c'est sûr, lorsqu'il a vu Fittipaldi lui faire le signe en question. Le cameraman n'a pas cessé de filmer tandis que George s'approchait d'eux. Le journaliste argentin parlait et comprenait mal l'anglais, alors Fittipaldi, avec un grand sourire et plein de patience, a joué le rôle d'interprète.

Le journaliste argentin compliquait les questions, peut-être était-il nerveux, et avait recours à des mots et à des tournures de phrases qui semblaient, aux oreilles de Fittipaldi, plus complexes que les courbes les plus complexes du plus complexe tracé.

69

Le journaliste argentin est peut-être resté sur sa faim après son interview avec George.

Il a, par la suite, peut-être jugé ses questions avec la même sévérité avec laquelle je juge à présent les questions que nous avons adressées à Fangio.

Cela fait sept ou huit jours que je regarde de vieilles, de très vieilles interviews de George. Celle du journaliste argentin est sans pareille, mais ce n'est pas la seule preuve du lien entre Emmo et George : on peut voir sur Internet une émission brésilienne, diffusée vingt ans plus tard, dans laquelle George chante en l'honneur de son ami, remis d'un problème de santé, le fameux « Here Comes the Sun », transformé en « Here Comes Emerson ».

70

Plus encore que « Here Comes the Sun », Fernán aimait « Here Comes the Moon », une chanson moins connue de George. Il disait que les ex-Beatles devaient se regrouper et enregistrer un album avec des chansons qui, à l'instar de « Here Comes the Moon », seraient une sorte de contrepoint : « Nothing » (en réponse à « Something »), « Tomorrow » (au lieu de « Yesterday »), mais aussi « Yesterday Always Knows », « When I'm Forty Six », « Night Tripper », « Goodbye, Hello » ou encore « I Don't Need You ».

Un jour, nous avons imaginé davantage ce répertoire, et nous avons même gribouillé quelques couplets. Notre plus grande contribution à la culture punk-rock a été « He Hates You[1] », réponse évidente à « She Loves You ».

1. He hates you, yeah, yeah, yeah / He hates you, yeah, yeah, yeah // You think you've found his love / Well, I saw him yesterday / It's you he's talking of / You are horrible he says // He says he hates you / Because you are very bad / Yes, he hates you / And far from you he's feeling glad.

71

Mon fils est rentré de l'école avec un tract qui annonce un concert de rap et un concert de hardcore que des élèves de terminale organisent pour financer leur voyage scolaire. Ils ont recruté deux groupes et l'un d'eux s'appelle Fangio ! comme ça, avec son point d'exclamation.

Je me renseigne sur Internet. Je trouve une page créée par eux ou par une fédération de fans ou encore par un ennemi, tellement elle semble mal conçue. Je lis : « Fangio ! Du punk à toute vitesse. »

72

Il se peut que l'oubli de Fernán ne soit qu'une ruse pour voir ce que je suis capable d'écrire, de fabuler ou d'évoquer sans son aide.

Arrivé à la scène devant le véhicule de Formule 1, la scène finale de cet après-midi avec Fangio, c'est moi qui suis dans le vide et qui ne sais pas si Fangio nous a invités à monter dans sa voiture légendaire ou si tout cela n'est qu'une rêverie ou une absurdité ultérieure. Des choses qu'on ajoute au fil du temps, comme un sédiment qui se fixe peu à peu.

Il est possible que l'oubli de Fernán soit une comédie, un mensonge. À mon dernier message par e-mail, où je m'excuse d'avoir tant insisté, et termine par « Je comprends ton oubli, mais je ne me souviens pas si nous sommes montés dans l'ancienne monoplace », Fernán répond que jamais nous n'y sommes montés, quelle idée insolite de ma part. D'après sa réaction tranchante, je soupçonne mon ami de se souvenir de bien plus de détails. Et je lui donne raison : quelle idée insolite de ma part ! Fangio ne nous a pas invités à monter et ne l'aurait jamais fait. Nous avons terminé la séance de photos, puis il nous a donné une accolade ou un bisou, il nous a gentiment passé la main sur la tête ou nous a tapoté les épaules, et peut-être avons-nous dit tous les deux, imitant sans le savoir le petit Emmo de douze ans, « au revoir, Monsieur Fangio ».

Le secrétaire nous a raccompagnés, peut-être, jusqu'à la porte. Ce ne serait pas si insensé. Et nous ne sommes pas montés dans la voiture, même si nous l'aurions aimé.

Mais il est fort probable qu'une scène d'une des premières nouvelles que j'ai eu l'audace de publier, dans laquelle un jeune homme rencontre fortuitement Neil Armstrong, le premier homme sur la Lune, le dévore des yeux et finit par essayer l'un de ses casques de cosmonaute, plongeant sa tête là-dedans pour ressentir une sorte de glorieuse asphyxie, il est possible que cette scène provienne de notre après-midi avec Fangio, comme tant de choses dans la fiction proviennent, comme il se doit, de nos façons d'imaginer ce qui se serait passé si…

73

Comment êtes-vous parvenu à participer au premier championnat du monde ? À l'époque, il y avait de très bons coureurs : les frères Gálvez, Juan Carlos Guzzi, et bien d'autres encore. Avec les Gálvez, nous sommes d'abord allés aux États-Unis, puis en Europe. Nous voulions courir, mais on ne nous donnait pas la moindre chance. Je suis allé voir une course à Reims, en 1948, et Amedeo Gordini m'a offert une voiture. Ce fut ma première compétition européenne, avec une Simca-Gordini.

L'Automobile Club d'Argentine, enthousiaste, a envoyé une équipe en Europe. J'ai gagné quatre courses en France, deux en Italie, mais il n'existait pas encore le championnat du monde. L'année suivante, Alfa Romeo m'a engagé et j'ai emmené Froilán González avec moi. Ensuite se sont ajoutés Marimón, Menditeguy, Mieres... La famille s'est agrandie.

74

Je ne suis toujours pas un expert au sujet de Fangio, mais cela fait plusieurs jours que je regarde de vieilles interviews, des archives de la télé des années 1970, 80 et même 90, et quoique Fangio ait tendance à raconter les mêmes choses, je tombe parfois sur des moments fulgurants, presque des épiphanies. Ce sont les réponses, j'imagine, aux questions qu'on ne lui a pas posées à l'époque.

Je regrette de ne pas lui avoir parlé de ce copilote dont le nom était Urrutia. C'était lors d'une course au Pérou. Dire s'il y a eu un dérapage, un accrochage ou un problème mécanique serait mentir ou spéculer. Or il y a eu un gros tonneau et plusieurs culbutes. Et, contrairement à Fangio, qui a été sauvé par miracle (un pied de ses jambes tordues a eu la judicieuse idée de se coincer dans la voiture), Urrutia a fini éjecté, les ceintures de sécurité n'existaient pas à l'époque, c'était pire que du journalisme, c'était apprendre en public en risquant vraiment sa vie.

Fangio ne s'est jamais remis de la mort d'Urrutia. C'est pourquoi, disent les experts, il n'a plus jamais souhaité courir avec un copilote. C'est aussi pourquoi, je suppose, il a cherché son « autre soi » dans les voitures et non dans des partenaires.

75

César ne s'est pas replongé dans le journalisme, ni dans l'écriture, ni dans quoi que ce soit de ce genre. Au contraire, il s'est appliqué à déployer une intrépidité inégalable avec les filles : une hardiesse que, pour me consoler un peu, je comparais à notre audace pour obtenir des interviews.

Fernán et moi sommes tombés d'accord pour cesser la publication de notre magazine sportif à l'âge de seize ans. Débuta alors une période où l'on allait voir deux, quatre, même dix concerts de rock par mois, tandis qu'on lisait avidement les revues « alternatives » et que, en même temps, on mûrissait le projet d'une publication de musique, cinéma et littérature, mais principalement de rock. Un magazine qui remplacerait notre mensuel sportif.

George et les Beatles prenaient un peu de retard, il était temps d'explorer le punk, le reggae, la new wave. Nous avons commencé à interviewer des formations émergentes : un couple de journalistes alliés, Fernán et moi, en train d'interviewer des musiciens alliés qui avaient fondé leur projet sur les bases, eux aussi, d'une amitié d'école.

Nous avions déjà une douzaine d'entretiens non publiés lorsque l'un de ces interviewés, un producteur et parolier ayant d'excellents contacts dans la presse, nous a appelés pour nous dire que se préparait une nouvelle publication. Ils cherchaient de jeunes journalistes. « Allez voir de ma part le futur directeur du futur magazine », ont été ses mots.

Une semaine plus tard, nous nous sommes retrouvés chez Fernán, qui (comme moi) vivait encore sous l'aile de ses parents. On a préparé un dossier avec toutes les interviews et on a renouvelé notre pacte, s'il était nécessaire de le renouveler, en sachant qu'une phase inédite se profilait : accéder à un public-lecteur plus vaste, sortir de la coquille des amis ou des amis d'amis. Entrer dans l'arène, enfin.

76

Le futur directeur du futur magazine nous attendait au sud de la ville, dans le quartier de Constitución, non loin de l'endroit où se trouvait la concession automobile de Fangio. Nous avons pris le train jusqu'à Retiro et nous sommes descendus là pour continuer en bus. Je me souviens qu'il faisait nuit et qu'il y avait une foule autour de nous, dans la « pénombre de marbre » de la gare.

C'était l'heure où beaucoup quittent les bureaux et s'apprêtent à franchir la grande avenue bruyante qui sépare la gare du reste de la ville (comme si, à en croire son nom, la gare du Retiro ne faisait pas vraiment partie de la ville), quand soudain le feu piéton est passé au rouge et une femme, ni très jeune ni très vieille, une femme qui se trouvait dans notre peloton fortuit au sein de la plus grande foule, au lieu de s'arrêter au rouge, a fait une douzaine de pas impatients, quelques-uns sur le trottoir, et huit ou neuf pas supplémentaires sur l'asphalte irrégulier de l'avenue.

Une voiture la percuta et l'envoya dans les airs. La femme retomba brutalement, sur les genoux, avec un bruit sourd. Les autres voitures ralentirent, mais aucune ne s'arrêta tandis qu'elle achevait sa chute. En un clin d'œil, un cercle de badauds s'était formé autour d'elle.

Moins d'une heure plus tard, on racontait la scène, sans lui épargner les détails, au futur rédacteur en chef de la future revue qui semblait, tout comme Fangio, une espèce de jeune vieillard. La femme avait avancé avec une telle certitude, un tel mélange de vitesse et de lenteur, qu'il était impossible de trouver une autre théorie à son sujet que celle de la distraction la plus extrême et déplorable ou celle du suicide le plus déplorable et extrême.

77

« La rapidité est sublime, et la lenteur majestueuse. » Fangio aurait pu le formuler (Fangio pour qui « un bon pilote est celui qui gagne en roulant le moins lentement possible »), mais c'est Rivarol qui l'a dit.

78

Sans aucun doute, le double geste de cet après-midi si lointain, notre geste d'appeler Fangio au téléphone et le noble geste de Fangio de nous accueillir, a posé une sorte de ligne de démarcation.

Jusqu'alors, la revue avait représenté un jeu. Un jeu à deux ou trois (si nous comptions César) ou cinq (si nous comptions mon père et le père de Fernán, héros des photocopies) ou six (si nous comptions ma mère, qui parfois réalisait un dessin, une caricature) ou, tout au plus, une centaine (si nous comptions nos lecteurs), mais un jeu tout de même.

Après la parution de l'interview avec Fangio, il y a eu un changement chez les autres. Notre magazine a soudain semblé une affaire plus sérieuse. Fernán et moi avons refusé toutefois de perdre notre esprit ludique ; nous l'avons défendu bec et ongles, même des années plus tard, lorsque nous avons fait du journalisme notre gagne-pain. Notre règle par excellence : jouer sérieusement, jouer de manière responsable.

Mes parents ont eu peur de Fangio, ou des effets de notre rencontre avec lui. Nous voir jouer avec courage et assurance, voir que notre alliance contre le prévisible était sérieuse, les inquiétait. Comme si ce magazine plutôt anodin venait s'ajouter à la liste des dangers qu'il fallait actualiser de temps en temps.

Ils avaient imaginé d'autres destins. Séparément, mais avec la même perspective, mes parents et les parents de Fernán avaient écrit au préalable un roman, un feuilleton sans surprises, dans lequel leurs fils suivaient des cours universitaires et, arrivés aux chapitres principaux, devenaient avocats, ingénieurs, économistes ou quelque chose de semblable, avec un formidable diplôme collé au mur, avec un salaire certain sur le compte d'une certaine banque. Quelque chose qui n'est pas si désagréable, et dont il est assez facile de se moquer.

79

Le magazine annonçant en gros caractères l'interview de Fangio est paru des mois plus tard, à la fin de l'année 1979. Une étrange euphorie régnait lorsqu'on reliait les premiers exemplaires de chaque nouveau numéro. L'exemplaire numéro un était pour nous, c'était un rituel.

Mon voisin Eugenio avait sollicité pour cette fois l'impression de vingt-cinq exemplaires supplémentaires. Vingt-cinq exclusivement pour lui. Je n'ai jamais compris s'il les avait gardés ou s'il les avait distribués, chose peu probable compte tenu de sa misanthropie.

Un autre voisin, qui avait toujours la bonté de nous acheter la revue, m'a réclamé cette fois-ci deux exemplaires, et m'a demandé si nous avions pensé avec mon « associé » à collecter un peu d'argent par le biais de la publicité. J'allais lui expliquer que nous y avions en effet songé, mais que cela semblait absurde (qui voudrait faire de la pub dans une revue confidentielle ?), lorsqu'il s'est penché un peu en avant et m'a proposé un montant irrésistible en échange de deux annonces de son magasin d'électronique en pages cinq et sept, ses numéros fétiches.

80

Quel est le secret pour gagner le championnat du monde quatre fois de suite ? J'ai gagné pour la première fois en 1951. En 1952, j'ai eu un accident et des problèmes de vertèbres. En 1953, j'ai terminé deuxième du championnat. Puis, de 1954 à 1957, je l'ai remporté quatre années de suite. Je ne sais pas comment j'y suis parvenu. Peut-être que c'était plus facile avant qu'aujourd'hui. Je vivais pour les courses et j'ai eu la chance de piloter de très bonnes voitures. Lorsque vous êtes plus ou moins au sommet, il est facile de choisir les véhicules.

La dernière année a été la plus satisfaisante parce que j'ai couru avec une voiture qui ne venait pas d'une usine très puissante : Maserati. C'étaient des gens très sympathiques et très travailleurs, mais ils n'avaient pas la meilleure automobile ni la plus grande puissance financière. Malgré cela, j'ai pu gagner. Au fond de moi, j'ai toujours considéré ma voiture comme la meilleure. Si vous ne pensez pas ainsi, vous perdez avant de courir.

V

FASTER

81

Le nouveau numéro de la revue entre les mains, Fernán m'a dit résolument, comme s'il y avait réfléchi depuis notre excursion dans la rue Montes de Oca, qu'il était impératif d'en apporter un exemplaire à Fangio ou, mieux encore, deux exemplaires : un pour Fangio, un autre pour le secrétaire.

Je redoutais l'idée de les déranger de nouveau. Appeler le secrétaire, se rendre en personne à l'agence, tout cela paraissait excessif, mais en même temps nous avions hâte de leur remettre la revue. L'expédier par la poste nous semblait glacial, même en ajoutant une lettre écrite par nous deux. Des jours sont passés, et j'ai eu l'idée d'apporter à Fangio un cadeau en plus de la revue ; un cadeau qui, à cause de sa fragilité ou de l'impossibilité de l'envoyer par la poste, justifierait notre réapparition.

Fernán approuva l'idée, mais nous avons vite constaté que, même si l'on avait trouvé le prétexte pour revenir, cela entraînait un deuxième dilemme : que pouvions-nous offrir à Fangio ?

Nous avons exclu quelque chose de naïf qui susciterait chez lui de l'amusement ou, au mieux, de la tendresse ou de la pitié. Nous avons exclu quelque chose d'onéreux ou de déraisonnable, quelque chose qui serait à ses yeux un cadeau de nos parents. Que pouvait-il lui manquer ? Ou, plus simple comme question, mais tout aussi difficile à répondre, qu'est-ce qui pourrait éveiller en lui un plaisir presque enfantin, comparable à celui de la vitesse ? Des bonbons ou des chocolats, selon la mère de Fernán. Mais non, il fallait trouver mieux.

82

Nous étions séduits par l'idée de surprendre Fangio. Mais je soupçonne que par ce geste, par le choix d'un cadeau singulier et tapageur, nous voulions que notre magazine passe presque inaperçu. Moins par modestie, je crois, que parce que nous doutions.

On craignait de ne pas avoir retranscrit fidèlement la conversation. On craignait que Fangio et aussi le secrétaire de Fangio soient déçus par nos photos furtives, prises à une distance trop prudente et avec un pouls comme tremblant, ou par notre interminable texte de présentation (nous avions rédigé sept ou huit versions de ce texte qui se heurtaient à la vaine prétention de « présenter » quelqu'un qui n'avait pas besoin d'être présenté), on craignait en somme qu'ils soient déçus par cette revue qui, peu importe tous les efforts déployés, finissait toujours avec une poignée de pages tordues, plus une douzaine de coquilles ou de fautes d'orthographe.

83

Lorsque je me remémore ces années, je me demande comment mon père, ma mère et moi-même avons réussi à vivre une décennie entière sans disposer d'un téléphone à la maison. Mon père pouvait se vanter d'avoir un téléphone moderne dans son bureau, un téléphone en plastique vert foncé ou vert militaire avec un bouton-poussoir au lieu d'un cadran. Mon père se chargeait de passer des appels en notre nom depuis son bureau : il appelait ma grand-mère de la part de ma mère pour donner des nouvelles ou pour lancer une invitation, ou encore pour demander des informations, et il rentrait chez nous, entre six et sept heures du soir, jamais avant, jamais après, avec la réponse attendue ; il appelait parfois Fernán ou la mère de Fernán pour leur transmettre des messages de ma part et il faisait de même avec d'autres anciens camarades de classe de mon ancienne école parce que les nouveaux camarades je les voyais en permanence, dans la cour de récréation.

Mes parents avaient acheté une maison loin du centre, dans une zone résidentielle, tentés par son très bon prix, la sérénité du quartier, le beau chat noir qui accompagnait la maison (« c'est un lot : maison et chat », avait plaisanté le vendeur, ou pas tant que ça) et la proximité avec le lycée choisi pour moi, ne prêtant presque pas attention au détail non négligeable de l'absence de ligne téléphonique, ce qui expliquait en large partie le bon prix.

Se procurer une ligne téléphonique à ce moment-là était bien plus difficile, disait-on, que d'obtenir une audience avec le pape. Au fur et à mesure que je sortais de l'enfance, l'absence de téléphone me gênait davantage. Par bonheur, mon voisin Eugenio me permettait d'aller chez lui afin de passer et recevoir des appels. Ainsi, mes amis savaient que chaque mardi et chaque jeudi, je m'installais entre cinq heures et demie et six heures et demie environ dans la triste maison d'Eugenio. Sa demeure était plutôt pauvre, la plus pauvre de ce quartier aux prétentions de richesse, à seulement quelques mètres de ce qu'on appelait la « Quinta presidencial », la résidence du président de l'époque, qu'il soit civil ou militaire, mais généralement militaire, avec sa famille.

Le téléphone d'Eugenio trônait, telle une icône religieuse, sur une petite table au centre d'une pièce étroite, dépourvue de fenêtre, toujours sombre et humide. La mère d'Eugenio vivait avec lui, une femme grande et mince qui paraissait plus jeune qu'elle ne l'était, mais qui émettait un long bruit aigu lorsqu'elle respirait, sorte de sifflement permanent. Ce sifflement n'était pas sans utilité : je savais, par ce moyen, si la femme rôdait dans les parages. Je ne craignais pas tant qu'elle entende mes conversations (elle écoutait mes bavardages et avait le culot de faire des petites blagues innocentes quand elle apprenait que j'avais parlé à une fille), mais plutôt qu'elle entre dans la petite pièce et, constatant que je ne parlais pas (parce que parfois je m'asseyais pour attendre un coup de fil et, pour atténuer l'attente, je lisais), m'accable de son bavardage : un monologue bruyant, sans rime ni raison, plus interminable que son sifflement.

84

Cela fait six jours que je relis de très vieux articles écrits avec Fernán, coupures de presse dont je ne sais pas comment elles ont pu survivre, et que je vois apparaître parmi d'autres anciennes coupures – mais un peu moins anciennes, d'un âge de bronze ou de fer –, avec la même surprise que Fangio montre dans plus d'une interview quand il dit ne pas comprendre pourquoi il n'est pas mort dans ces années où il a vu, à ses côtés, périr trente pilotes ou plus.

Les coupures, comme il se doit, sont jaunies, faibles, fragiles. Comme du papier toilette, d'après mon fils. Une analogie pertinente.

Mon fils propose un scan, avant qu'elles ne partent en poussière. Bonne idée, et cependant je refuse, attiré par la lenteur du temps sur ces textes éphémères, écrits avec une certaine insouciance ou, pourquoi le nier, avec une grande imperfection malgré notre ténacité. Certains articles sont décidément banals, d'autres pleins de prétention, d'autres encore mêlent arguments valables et absurdités. Parmi les papyrus toilette, un article que j'avais totalement oublié : « École de rock ».

Une idée de Fernán, je crois : parler des groupes dont la « semence », selon les termes de l'article, a été une amitié d'écoliers. Cobain et Novoselic sont absents parce que Nirvana n'existait toujours pas, Lindsey Buckingham et Stevie Nicks sont absents parce qu'on les a oubliés, mais ne manquent évidemment pas García et Mestre, Jagger et Richards, Peter Gabriel et Tony Banks, Spinetta et Del Guercio, Greg Lake et Fripp….

85

Impossible de définir ce que nous avons scellé ce jour pluvieux en buvant la potion de Fangio : cette alliance d'amis, presque de frères, que nous avons fini par construire ? Ce binôme de journalistes ou plutôt de fervents et éternels curieux, trouvant en toute chose des prétextes pour explorer ?

Ce que nous avons scellé, c'est quelque chose qui, au final, échappe aux deux catégories, qui les dépasse. Quelque chose qui ne figure pas dans les dictionnaires. Cela relève de l'amitié, c'est indéniable, mais c'est aussi comme un grand pacte prospectif.

C'est la « semence », encore une fois, qui a fait jaillir la plupart des groupes de musique, pas uniquement les Beatles : la rencontre décisive entre deux ou trois camarades de classe, voisins ou proches parents qui font, ensemble, le pari d'un destin commun, lequel est presque toujours un chemin à court ou à moyen terme, une manière d'échapper à l'orbite parentale et d'entrer dans la vie d'adulte. Un apprentissage public de la maturité.

86

Pendant ces années vécues comme si Graham Bell n'avait qu'à moitié inventé le téléphone, beaucoup de mes amis me promettaient « je t'appelle mardi prochain à six heures », mais renonçaient, oubliaient, ou appelaient bien plus tard, quand j'étais déjà parti. Dans ces derniers cas, Eugenio ou la mère d'Eugenio prenaient soin de m'informer : ils le notaient sur une feuille à côté du téléphone, sur laquelle je reconnaissais sans problème l'écriture de gosse d'Eugenio, ronde et comme tombant en arrière, et l'écriture incompréhensible de sa mère, qui ressemblait à un cardiogramme ou à l'esquisse d'un sismographe.

Presque tous mes amis manquaient de ponctualité, à l'exception de Fernán. Il appelait le jour prévu, à l'heure fixée, et on entamait des discussions passionnantes, à propos de la revue et des derniers disques entendus, de la revue et des concerts à venir, de la revue et des films à voir, de la revue et des phrases soulignées quasi en colère dans les livres (Henry James, je m'en souviens : « La grande question est de vivre, de sentir, d'être conscient de ses propres possibilités ; pas de traverser la vie comme une lettre à la poste, machinalement »).

Nous étions à ce point absorbés que je ne remarquais pas l'heure, ni la respiration sifflante de la maigre mère d'Eugenio... Je continuais à parler et à parler avec Fernán, jusqu'à ce que soudain la mère d'Eugenio frappe un coup à la porte, aussi bruyamment que son étrange souffle, un coup qui était de pure courtoisie parce que la porte restait ouverte, un coup pour dire que huit heures approchaient, que mes parents m'attendaient et qu'elle devait appeler sa sœur, plus mince et plus grande qu'elle. Sa sœur qui – répétait-elle – était sa meilleure amie.

87

Le futur rédacteur en chef du futur magazine est rapidement devenu rédacteur en chef d'un magazine plus ou moins pittoresque et prospère, qui a duré environ cinq ans dans le monde fluctuant du journalisme. Fernán et moi y avons publié et signé des dizaines d'articles en duo : des interviews, bien sûr, mais aussi d'autres registres et formats, car il s'agissait de continuer à grandir.

Les musiciens de rock ont commencé à nous considérer comme faisant partie du paysage. La Negra Poli et Skay, des Redonditos de Ricota, nous appelaient Batman et Robin, sans pour autant être d'accord : pour l'une, Robin, c'était moi ; pour l'autre, c'était Fernán. Un chansonnier qui se vantait d'être la réincarnation de Jim Croce, bien que né avant la mort de ce dernier, nous appelait French et Beruti, comme ces héros de l'indépendance argentine, sur un ton qui frôlait l'insulte, et nous deux – pas d'autre choix – on célébrait la plaisanterie, sans dire qu'on préférait, de loin, Batman et Robin.

88

Un soir, nous avons échangé quelques mots, à la fin d'une conférence de presse dans un hôtel chic du centre-ville, avec le journaliste argentin qui avait interviewé George. C'est Fernán qui l'a approché et lui a parlé du Brésil. Le journaliste argentin nous a traités poliment et a avoué qu'il ne se souvenait pas de ce que George avait dit, un oubli bien surprenant, peut-être dû au stress, puisque cet après-midi-là, il s'en souvenait encore, ses jambes avaient tremblé en pleine interview, comme si une vague de froid traversait la plage.

Le journaliste argentin s'apprêtait à nous quitter quand il sembla vouloir ajouter quelque chose, fit comme un double pas en arrière et raconta un dernier détail : à la fin de cette interview à São Paulo, grâce aux services de traduction de Fittipaldi (plus fiable et prudent que don Arturo, yeah yeah), il avait montré à George son équipement VHS, si innovant que la chaîne de télévision le présentait comme une « machine à regarder ».

Étonné, comme s'il n'avait jamais vu de matériel VHS, Fittipaldi demanda à revoir l'enregistrement. Le journaliste argentin fit un geste au caméraman et George et Emmo ont été les premiers spectateurs de la fameuse interview.

« Formidable, cria George. Voilà la vraie vitesse. *Faster than faster.* »

89

Mon fils semble quelque peu inquiet. On lui a demandé un devoir pour l'école : lire un texte, puis rédiger un commentaire. Il est certain que je serai en mesure de l'aider parce que je travaille, dit-il, « à la lecture et à l'écriture ».

Nous décryptons le texte, succinct, et mon fils est intrigué par une phrase énigmatique : « Tout enfant est un adulte inconnu. » Croyant qu'il me sera facile de lui faire comprendre cette phrase, je me lance à lui raconter que nul, en regardant un enfant, ne peut entrevoir quel adulte il sera demain, parce qu'un enfant, ce sont des centaines, des millions d'adultes possibles, j'exagère, en ramifiant les mains en l'air.

Mais en exprimant cela, je pense à Fernán, je pense à des cas comme le sien où il est vain d'imaginer des millions d'adultes. Des cas où l'avenir semble moins flou. Des cas d'enfants presque adultes : adultes plus « connus » qu'inconnus.

Je pense à cela et me dis que, lors de notre après-midi avec Fangio, une série d'adultes inconnus sont subitement morts en nous. Comme si l'enfance était une version laborieuse et explicite de ce moment crucial et misérable où des centaines, des millions de spermatozoïdes entament une course digne de la Formule 1 : des millions d'enfants possibles, des millions de Fangio possibles esquivant des risques constants, disputant une course effrénée.

Je pense à cela et, sans raison apparente, me vois en train de dire à mon fils que cette phrase sur son texte scolaire n'est pas simple, qu'il n'y a pas une seule lecture, qu'il ne serait pas trop injuste de rétorquer par une formule aussi vigoureuse : « Tout adulte est un enfant inconnu. »

90

J'ai exercé pendant quinze ou vingt ans le métier de journaliste. J'ai fait mille interviews, peut-être deux mille.

J'ai supporté en souriant que David Bowie me dise qu'une question que je venais de lui poser était « débile », et il avait tout à fait raison.

J'ai reçu des plaintes furieuses d'Astor Piazzolla, par l'intermédiaire d'un de ses musiciens, en colère contre le titre que le journal où je travaillais avait donné à une interview qu'il m'avait accordée (ce n'était pas ma faute ce titre, vaguement sensationnaliste, un rédacteur en chef l'avait choisi) ; et une semaine après, en plein concert, installé au premier rang (j'avais acheté ce billet pour l'offrir à ma mère, mais au dernier moment elle avait été malade et m'avait proposé d'occuper sa place), au beau milieu d'un solo de bandonéon, Piazzolla m'a regardé furieusement, avec des yeux si pleins de feu que j'ai failli tomber de mon fauteuil, là, devant tous les spectateurs.

J'ai enduré la franchise de Bowie et le regard de Piazzolla grâce, sans doute, à la collation que Fangio nous avait servi ce jour-là. J'ai enduré plus qu'on ne peut le croire la vie de journaliste, la fumée, les nerfs, le vacarme et le café froid ou bouilli des salles de rédaction à cette époque, lointaine et proche, où il y avait encore des machines à écrire ; je l'ai endurée, persuadé, peut-être à tort, qu'il s'agissait du prix à payer pour un chemin qui menait à la littérature.

91

Et que pensez-vous de la Formule 1 actuelle ? Tout est devenu beaucoup plus rapide, tout se fait beaucoup plus vite. Pratiquement plus aucun moteur ne tombe en panne. Les pneus crèvent ou les voitures sortent de piste. Mais il y a une chose qui n'a pas changé : la règle générale. C'est toujours 75 % pour la voiture et l'équipe qui travaille autour, 25 % pour le pilote et sa bonne fortune... Travail et bonne fortune, deux choses qui vont de pair.

VI

FASTER

92

Un soir, Eugenio a sonné à notre porte à une heure tardive. Nous venions de finir de dîner. Mes parents l'ont fait entrer avec une grande inquiétude, car les fois précédentes où il avait sonné si tard, c'était pour nous apprendre indirectement de mauvaises nouvelles. Indirectement, je dis bien, parce que à deux reprises il nous avait annoncé qu'une tante, une des deux sœurs de ma mère, avait appelé nous demandant de la contacter, et lorsque nous avions rappelé, on avait appris que ma grand-mère était morte (la première fois) ou que ma tante la plus âgée, la sœur aînée de ma mère, avait été hospitalisée (la fois suivante).

Eugenio est apparu cette nuit-là, à l'heure tant redoutée des mauvaises nouvelles, avec un air différent (c'est ce que j'ai cru remarquer : une expression moins funèbre) et ensuite, comme pour dissiper toute inquiétude, a déclaré qu'il avait un message pour moi. Un message d'un « certain Fernán ».

Mes parents se sont enflammés et ont essayé de s'excuser auprès d'Eugenio, qui n'avait pas l'air contrarié et ne cherchait point à obtenir des excuses de qui que ce soit. Mon père a dit que cela ne se reproduirait pas : mes amis n'avaient pas le droit de téléphoner tard dans la nuit, c'était réservé aux adultes en cas d'urgence. Mais cet épisode aurait été bien pire, je n'en doute pas, si un autre ami avait appelé, car aux yeux de mes parents Fernán avait une réputation sans égale : c'était mon ami parfait, le plus sérieux et entreprenant ; un enfant modèle, ou presque, dont l'influence bénéfique me guidait dans une bonne voie.

Peut-être pour cette raison, et malgré le mécontentement de mon père, ma mère a accordé à Fernán le bénéfice du doute. Et s'il y avait vraiment urgence ?

Eugenio a haussé les épaules et a bâillé avec cette parcimonie qu'on lui connaissait tellement. Si je voulais me rendre chez lui pour retourner l'appel, il n'y voyait aucun inconvénient. « Il doit y avoir un souci avec la revue », a ajouté Eugenio en me faisant, j'ignore pourquoi, un clin d'œil. Pendant un court instant, j'ai cru qu'il mentait. Et si ce n'était pas Fernán qui avait appelé ? Et s'il n'y avait pas eu d'appel du tout ? Ces questions m'ont assailli deux, trois secondes, puis j'ai regardé autour de moi ; mes parents, ça se voyait sur leurs visages, ne partageaient pas mes soupçons.

93

Au moment où j'écris ces lignes, Fernán travaille toujours comme journaliste et critique. Parfois, je lis ses articles, je suis son activité, je vois le prestige et l'affection bien mérités qu'il a recueillis, et j'imagine qu'il a fait cela, en fin de compte, pour me montrer comment aurait été ma vie si je n'avais pas migré vers le pays de la fiction.

Non, bien entendu, Fernán ne m'a jamais reproché d'avoir quitté le journalisme. Il ne s'est pas non plus fâché l'après-midi où, de très mauvaise humeur, j'ai traité les critiques en particulier comme des gens qui nourrissent la vaine conviction qu'ils auraient fait beaucoup mieux que les artistes s'ils s'étaient consacrés à l'art. Non, Fernán est resté sourd à mes blasphèmes et, quelques années plus tard, il a fait preuve d'un grand humour lorsqu'il a dû m'interviewer pour un journal, situation qui me mettait très mal à l'aise.

Quand cette interview a été publiée, j'ai appris qu'il me présentait comme « journaliste et écrivain ». Je lui ai alors posté un exemplaire du livre d'Adolph P. Brown, *Being a Writer*, avec une page expressément soulignée : « Parmi les occupations des écrivains, aucune n'est plus conflictuelle que le journalisme. Ceux qui ont pratiqué ou pratiquent les deux métiers sont marqués à jamais et deviennent "journalistes et écrivains". Personne ne dirait de Tchekhov ou de Céline qu'ils sont "écrivains et médecins". Personne ne songerait à présenter Carlo Emilio Gadda comme "ingénieur et écrivain". Mais on emploie volontiers "écrivain et journaliste" parce que ce sont des journalistes, justement, qui écrivent ces choses, et que pour eux leur métier reste l'un des plus importants. Si les journaux étaient écrits par des vendeurs d'assurances, on lirait que Wallace Stevens était vendeur d'assurances et écrivain. »

94

Il était neuf heures et demie ou dix heures du soir. La mère d'Eugenio a ouvert la porte silencieusement, mais il m'a fallu un instant pour la reconnaître, « déguisée » en robe de nuit, sans les tenues et le maquillage qui la rajeunissaient. De plus, j'ai cru remarquer une différence troublante dans ses cheveux, comme si elle portait une perruque le jour.

J'ai appelé Fernán. Le poste était occupé, j'ai laissé passer une minute. Dans la pièce voisine, la télévision hurlait. J'ai rappelé et son père a décroché, avec sa voix toujours si grave, mais j'ai senti que cette fois elle semblait plus grave encore, peut-être une façon de me dire qu'il était tard. Si je n'ai pas expliqué que Fernán avait appelé, c'est parce qu'il ne m'en a pas laissé le temps.

Fernán venait de se coucher, mais il avait l'habitude de lire un peu dans son lit, assura-t-il. « Fernán, cria-t-il ensuite, téléphone ! »

Mon ami est arrivé tout de suite. Il avait importuné Eugenio parce qu'il avait trouvé, après maintes hésitations, le cadeau parfait pour Fangio : le disque de George. Pas le vinyle que lui et moi connaissions bien, mais le disque simple avec « Faster », dont il venait de voir une édition spéciale chez notre disquaire.

Évidemment, Fernán avait acheté le single, sans toutefois décider encore si c'était pour lui ou pour l'offrir à Fangio. C'était une superbe édition avec les photos de quelques pilotes de Formule 1, dont, bien sûr, notre distingué interviewé. J'ai dit : « Pas question, Fernán, pas question de te débarrasser du disque. L'idée est très bonne, d'accord. Maintenant il faut obtenir un autre exemplaire pour lui. »

95

Je ne me souviens pas des détails de la recherche du disque. Il me semble, grosso modo, que nous sommes allés à El Agujerito et chez cinq autres disquaires à la recherche du single de George et que tous les vendeurs nous ont donné la même réponse : il n'y avait plus d'exemplaires, ils avaient fait un tirage réduit en Angleterre, une édition de prestige, et le petit disque illustré devenait rapidement (conformément au titre de la chanson) un article de grande valeur.

C'est moi ou Fernán qui, le premier, a jeté un regard résigné sur le single et a proposé de le remettre à Fangio ? La décision, facile pour moi, était difficile pour Fernán : se séparer d'un tel trésor. Je ne me rappelle plus très bien comment on a réglé l'affaire. Je me souviens qu'il était au bord des larmes et que je lui ai dit, avec des mots plus puérils, que ce geste le distinguait.

96

Après que je lui ai envoyé le livre d'Adolph P. Brown, Fernán a cessé de me parler pendant quelques mois, mais nous avons rétabli le contact à notre manière. À notre manière, et par la médiation de notre musicien favori. Car, sous prétexte d'avoir écrit un article à propos de George (ou plutôt à propos de la mère de George), Fernán m'envoya un e-mail qui était un vrai calumet de la paix.

J'ai fini par reconnaître que j'avais été trop loin dans mes attaques contre le journalisme, auquel je dois tant. J'ai fini par reconnaître que j'avais été formé par le journalisme, comme nombre de ceux qui rêvent d'écrire (des fictions, des romans, des nouvelles) sont aussi formés par la traduction ; dans les deux cas, il est question de se nourrir des autres, de trouver son rythme et son souffle en paraphrasant les autres, tout en sachant qu'il n'y a pas une manière unique de le faire, car traduire ou transcrire ne sont que deux déguisements pudiques de la trahison.

J'ai fini aussi par admettre que l'article de Fernán était très intéressant. Allez savoir de quelle façon (avec lui, on ne sait jamais), mon ami avait réussi à rencontrer une certaine Kate, qui s'était liée d'amitié avec la maman de George pendant la *Beatlemania*, et qui venait de lancer un livre à son sujet.

Cette dame, Kate, avait écrit à l'âge tendre de quatorze ans une lettre d'amour à George, qui à l'époque devait recevoir cent lettres d'amour par jour. D'une manière plus ou moins avouable, elle avait obtenu l'adresse de la famille Harrison et avait posté un message disant, imaginons : « Les trois autres, sérieusement, ne t'arrivent pas à la cheville. » Quelques mois après la lettre, Kate recevait une enveloppe provenant du 174 Mackets Lane, à Liverpool. Ce ne pouvait être que lui ! Mais c'était Mme Harrison, intriguée par quelque chose : elle voulait savoir si Kate avait des liens de parenté avec une écrivaine du nom de Valenti. Mme Louise Harrison était férue des romans policiers de la mère de Kate, Astrid Valenti.

Bien sûr, Kate répliqua par un livre dédicacé par sa mère et Louise Harrison lui envoya, en de nombreuses occasions, des objets personnels de George. « Ma mère n'a jamais écrit à la mère de George et George ne m'a jamais écrit », a expliqué Kate à Fernán, mais Kate a finalement publié un livre sur Louise Harrison, un livre dans lequel on apprend que Louise a aidé son fils pour les paroles de « Something ». Elle est l'auteur, si l'on en croit Kate, de la fameuse phrase qui se termine par « ...no other lover » parce que George ne trouvait pas quoi mettre après « attracts me like... ». M'attire, m'attire... comme quoi ? *Mother should know.*

97

Ma mère est allée acheter un élégant papier cadeau afin d'emballer le disque. En exagérant les choses, elle s'est pointée le lendemain avec un papier bariolé (genre Noël mais sans fleurs, bien heureusement, car nous l'avions suppliée : « pas de papier fleuri, ni de couleur rose ») et un ruban violet qu'il fallait coller ou attacher sur le paquet.

Le colis s'est enfin composé du dernier numéro du magazine, du disque de George (de Fernán), qui avait l'air en parfait état, et d'une enveloppe ajoutée au dernier moment, une enveloppe contenant un mot : « merci », rien que cela, et nos signatures en dessous, après avoir écarté des textes d'un goût douteux, comme « merci beaucoup, champion ».

98

On aurait pu choisir un jour férié, un autre jour férié, pour apporter le cadeau. Nous ne l'avons pas fait, je crois, parce qu'il n'y en avait pas à l'horizon et que cela aurait été trop évident.

Nous y sommes allés un mardi après-midi, je m'en souviens parfaitement, profitant du fait que Fernán quittait l'école plus tôt ce jour-là. L'été 1980 approchait, le soleil était au rendez-vous, il ne pleuvait pas comme la première fois.

Le voyage a été plus court. Remarquablement plus court. Je suppose que la même chose arrivait à Fangio lorsqu'il revenait sur un circuit où il avait déjà couru. Comme si, en fin de compte, il s'agissait d'une course contre lui-même : être plus rapide que jadis ou avoir l'impression, en tout cas, d'être plus rapide que jadis.

Le secrétaire nous a accueillis, avec sa gentillesse plus que professionnelle, et nous a annoncé que Fangio était absent de l'agence. J'ignore s'il venait de partir, s'il avait pris son mardi ou si, comme il avait coutume de le faire, il s'était rendu à l'*intérieur* du pays ou à l'étranger pour affaires ou, encore mieux, pour accueillir un énième hommage.

Dès qu'il vit le ruban violet, un peu froissé par le voyage, et le colis gisant comme au pied du grand ruban, le secrétaire nous a priés de déposer le tout dans le bureau de Fangio et alors, tendant la main gauche comme un majordome d'antan, nous a indiqué un chemin qu'on connaissait déjà. Fangio manquant, j'ai pu examiner le secrétaire de plus près et j'ai constaté qu'il était plus jeune qu'il nous avait semblé en cet après-midi pluvieux : un secrétaire d'environ trente-cinq ans, tout au plus ; un secrétaire qui se laissait observer, dois-je dire, parfaitement conscient qu'il devenait plus visible lorsque le légendaire patron n'était pas là.

Impossible de savoir si le secrétaire nous a invités à entrer là, dans cette enceinte sacrée (enceinte qui, une quarantaine d'années plus tard, est reproduite dans le musée Fangio, à Balcarce), pour faire acte d'importance ou avec d'autres intentions. Peut-être l'a-t-il fait pour nous ôter le doute (notre cadeau serait entre de bonnes mains), pour nous offrir une deuxième visite au siège ou, avant toute chose, pour prouver qu'il avait dit vrai et que Fangio était absent.

Le geste se révélait tellement inutile qu'à présent je me demande si ce n'est pas plutôt lui qui voulait entrer, qui avait besoin d'une bonne raison pour être là, et qu'on lui en fournissait une.

99

Un beau jour, j'ai reçu une lettre. Cela faisait longtemps que Fernán ne m'avait pas adressé de signe. Avec le temps, nous avons appris que nous pouvons passer des mois, voire une année, sans nous parler et que cela ne change rien. Dès que nous nous revoyons, la scène de notre rencontre dans le bus scolaire reprend vie, à quelques variantes près, et on reprend une discussion qui n'a jamais été rompue. Voici, en tout cas, le sentiment que j'ai eu à la suite de cette lettre, une petite feuille où Fernán avait gribouillé : « Tu verras que j'ai réfléchi pendant toute cette période... Je trouve qu'il est normal de mettre "journaliste et écrivain" parce que ce sont deux métiers qui vont généralement de pair, comme deux amis qui se comprennent à merveille et qui ont une sensibilité comparable, même si leurs objectifs ne coïncident pas complètement. »

100

Fernán et moi avons fini de signer en binôme, c'est-à-dire de développer et de planifier notre vie professionnelle comme une seule personne (bien que cela n'ait jamais été littéralement ainsi, l'image est exagérée), lorsque nous avons fêté nos vingt-trois ans. Tout est arrivé si vite qu'au moment de prendre cette résolution, une décennie s'était écoulée depuis notre journée avec Fangio.

Fernán a été le premier de nous deux à se fiancer et le premier à partir de chez ses parents. Je l'ai fait une année plus tard et, tout comme lui, je n'ai pas effectué un déménagement total, car j'ai loué un petit studio de, je me le rappelle encore, vingt-deux mètres carrés et j'ai laissé beaucoup d'objets chez mes parents.

Un soir, alors qu'on savourait le bonheur de vivre seuls au centre-ville, à deux pas des cinémas, des librairies et des cafés qui nous faisaient tant rêver, on a échangé à ce propos. Dans la maison de nos parents, nous avions encore une chambre qui était semblable à un filet de sécurité, non seulement pour nous, mais aussi pour eux, qui n'avaient pas voulu ni pu la démanteler.

Il y restait des douzaines de jouets de notre enfance, des centaines de traces de notre adolescence. Par exemple, les magazines – *nos* magazines sportifs – que Fernán et moi, comme par un accord tacite, n'avions pas emportés dans nos respectives nouvelles demeures.

La chose la plus frappante était de voir la ressemblance entre mon studio et la chambre que je conservais dans la maison de mes parents. Sans m'en apercevoir, j'avais disposé les meubles de manière identique : le lit, la bibliothèque, les disques, les vêtements, tout cela calquait le lit, la bibliothèque, les disques, les vêtements qui se trouvaient chez mes parents, excepté que mon studio était une version mature (farouchement mature, dirais-je) de ma chambre d'antan. Une double vie dans le temps. Une sorte de musée personnel.

On plaisantait en disant qu'il nous manquait encore quelques matières pour obtenir notre diplôme en « émancipation ». On avait notre logement, on avait déjà un salaire avec lequel on pouvait acheter de la nourriture, des fringues, des livres ou des disques et payer le loyer au début du mois, mais il y avait cette autre chambre, là, chez nos parents, qui rendait notre courage assez relatif.

101

Nous étions sur le point de quitter l'agence lorsque Fernán a fait une chose que j'aurais pu faire aussi : il a confié au secrétaire que nous n'étions pas certains que le cadeau plairait à Fangio. Et s'il l'examinait et nous donnait son avis ? Pour cela, il fallait bien sûr ouvrir le paquet.

Ma mère nous avait appris un subterfuge afin de sortir le disque et le remettre en place, comme si de rien n'était. Le secrétaire n'a pas hésité. Il était heureux, je me dis maintenant, de l'importance qu'on lui accordait. Il était amusé par la candeur de notre question, et avait hâte de découvrir ce qui se cachait sous ce large ruban violet.

J'ai fait de mon mieux, mais la ruse de ma mère n'a pas fonctionné et j'ai fini par déchirer un morceau de papier cadeau. Peu sensible à ce contretemps, le secrétaire a haussé les sourcils à la vue du disque.

« Il va l'aimer, mais oui, bien sûr », a-t-il répondu rapidement, avant de comprendre ce dont il s'agissait (pas n'importe quel disque, non, mais un *picture-disc*, comme on disait à l'époque) et d'évaluer si Fangio serait vraiment intéressé par un tel cadeau. Pourtant, on a cru remarquer qu'après sa première réponse, une réaction un peu démago, le secrétaire étudiait de plus près le disque. Attentivement.

Il était clair que les Beatles ne le faisaient pas vibrer, d'ailleurs il a scruté le nom de George comme s'il lui soufflait vaguement quelque chose, mais tout à coup une lueur d'approbation s'est dessinée sur son visage et il a répété, cette fois avec certitude : « Il va aimer, oui. »

J'ai tendu une main pour réclamer le disque, que ses doigts ne cessaient de tripoter. Au même moment, le secrétaire a fait un commentaire qui nous a convaincus sur-le-champ de notre bon choix. Le disque présentait une série de portraits de champions de Formule 1, probablement les idoles de notre idole George. Les portraits étaient disposés en cercle et, bien qu'on puisse regarder l'objet de mille façons puisqu'il n'y avait ni haut ni bas, c'était la mention au centre, c'étaient le nom de George et le titre « Faster », qui imposaient comme une lecture officielle. Une horizontalité. Vue ainsi, la tête de Fangio émergeait au sommet, comme on l'avait déjà remarqué avec Fernán.

Or, on avait négligé un détail qui sauta aux yeux du secrétaire. À côté de chaque image, on pouvait lire les noms de Stirling Moss, Jackie Stewart, Jochen Rindt et d'autres anciens champions. Toutefois, au sommet, point de Juan Manuel Fangio. Mais Fangio, tout simplement.

J'ai attendu que le secrétaire nous explique la portée ou le symbolisme de ce détail. Rien de tel ne s'est produit. Il a simplement souri, très fier de lui, et s'est mis à se frotter les mains comme s'il avait résolu un mystère des plus complexes.

102

Fernán disait à l'époque que « Faster » parlait du temps. Que personne ne sait ni ne comprend jamais comment fait le temps pour être le plus rapide de tous, le plus rapide de tout.

En somme, Fernán voyait les paroles de cette chanson en résonance avec une autre chanson de George, « All Things Must Pass », surtout avec cette phrase qui affirme qu'aucune des ficelles de la vie ne peut durer éternellement.

« Faster » nous rappelle que le temps s'emballe tel un bolide et qu'on a beau essayer de le freiner avec le corps, avec les mains ou les pieds, hélas, il n'y a pas de pédales ni de leviers, il n'y a rien pour l'arrêter, sauf peut-être (j'exagère pour donner du poids à cette tâche que j'accomplis parce qu'elle me rend plus vivant), sauf peut-être le rituel de l'écriture.

Ce rituel et ce sentiment d'être à la fois en dehors et à l'intérieur du temps.

103

Voici neuf mois, j'ai rencontré un ami d'enfance, un ancien camarade de classe qui m'a appris que César habitait au Brésil depuis une douzaine d'années. À São Paulo, bien entendu. J'ai pensé à le contacter, à faire reculer les aiguilles de l'horloge, mais je ne suis pas convaincu que ce soit une bonne idée. *All things must pass*, n'est-ce pas vrai ?

Dans cette même interview que le journaliste argentin a réalisée sur la plage de São Paulo avec l'aide de Fittipaldi, George répond à la question à un million de dollars (les Beatles reviendront-ils ?) par une admirable sortie. C'est le passé, assure-t-il. Pourquoi revenir en arrière ? Ce serait comme de retourner vivre chez nos parents une fois devenus adultes.

104

« Quand une voiture fonctionne bien, quand le moteur résonne harmonieusement, le bruit se transforme en musique et le conducteur est comme un chef d'orchestre. » George aurait pu le dire lorsque le journaliste argentin l'a interrogé sur les voitures. Fangio l'a dit plus d'une fois.

105

Je ne me rappelle pas vraiment comment j'ai réagi à l'annonce de la mort de Fangio, en 1995, trois ans après la mort de ma mère, beaucoup plus jeune que lui, cinq ans avant la mort de mon père, en quelque sorte un copilote de génération.

Je me rappelle plus clairement la tristesse que j'ai ressentie lorsque Schumacher a remporté son sixième championnat ; une tristesse qui n'avait rien à voir avec le deuil chauvin d'une poignée de compatriotes, mais avec le pénible sentiment qu'il s'agissait peut-être de la véritable mort de Fangio.

Quelque temps plus tard, au cinéma, en regardant un film hongrois ou roumain, je suis tombé sur une scène très amusante où un personnage criait à un autre « attention, Fangio », comme adjectif ou nom commun, et j'ai dû changer d'idée concernant ce dernier point. Y a-t-il plus immortel que de devenir un mot, une expression populaire partout dans le monde ? Je regrette de ne pas lui avoir demandé cet après-midi-là ce qu'il ressentait lorsque son nom de famille était employé comme épithète.

106

Mon fils n'arrive pas à dormir. Il fait très chaud, il n'y a pas une once d'air et tout cela provoque des insomnies.

Je le retrouve dans la cuisine où il est allé, lui aussi, chercher de l'eau. Nous nous mettons à parler doucement, en chuchotant, parce qu'il est à peu près trois heures du matin. Depuis quelques jours, me dit-il, il se demande lequel de ses nombreux amis du présent sera son grand ami pour le reste de sa vie. Car c'est ainsi, n'est-ce pas ? Un grand ami pour la vie ?

Je réponds que peut-être aucun, qu'il rencontrera par exemple demain ou dans quelques mois celui qui sera son grand allié, son grand complice, s'il doit vraiment n'y en avoir qu'un, comme il aime à le penser, mais que surtout il serait ingrat d'avoir cette réponse à l'avance parce qu'on agirait sous influence, en sachant qu'il faut nourrir une amitié plus qu'une autre, ou faire confiance à une amitié plus qu'une autre, alors que le plus beau trait des amitiés, c'est qu'elles se forgent à l'aveugle. Qu'elles explosent à des moments inattendus et un peu comme les vocations, comme si quelque chose nous choisissait.

107

Je viens de recevoir un long e-mail de Fernán, un e-mail plus long que d'habitude. Cela fait quatre jours qu'il n'arrive pas à dormir. Tout cela à cause de la terrible vague de froid. Cette nuit, il s'est réveillé, est allé chauffer de l'eau pour un thé, s'est assis dans la pénombre de sa cuisine et, brusquement, allez savoir pourquoi, s'est souvenu minute par minute, geste par geste, de notre après-midi avec Fangio.

Cela a été comme revoir un film qui a compté voilà bien longtemps. Comme si ce jour de pluie et tout ce qui l'a entouré, avant et après, avaient existé dans le seul dessein de devenir une sorte de mémoire littéraire ou de rêve cinématographique de minuit.

Fernán termine son e-mail en disant qu'il ne me racontera pas son souvenir. Il ne veut en aucune manière interférer avec ma remémoration. Il ne veut pas lire ses souvenirs au moment de lire les miens. Il souhaite lire ce que je crois ou ce que je prétends me rappeler. Il veut voir les différences, toujours sensibles, entre le livre et le film. Il veut être surpris par le nom que je lui ai donné ; il sait que je ne me sers pas de son vrai nom, mais il ignore que j'ai choisi de le rebaptiser Fernán.

Moi aussi, je veux qu'il en soit ainsi.

108

Voulez-vous ajouter quelques mots, Monsieur Fangio ? Non, rien. Vraiment rien. Simplement, vous remercier pour l'interview et vous souhaiter la meilleure des chances pour l'avenir. Avec le journalisme ou avec ce que vous déciderez de faire.

Du même auteur

D'Eduardo Berti, aux éditions La Contre Allée

Mauvaises méthodes pour bonnes lectures, 2023

Une présence idéale, 2022

Un fils étranger, 2021
traduit de l'espagnol (Argentine) par Jean-Marie Saint-Lu

Un père étranger, 2021
traduit de l'espagnol (Argentine) par Jean-Marie Saint-Lu

Inventaire d'inventions (inventées),
avec le collectif Monobloque, 2017

Dans d'autres maisons

Cercle de lecteurs, Le Réalgar, 2025

Un faussaire original, Atlantique & L'escampette, 2023

L'Identité, Mille univers, 2021

Demain s'annonce plus calme, éditions Do, 2021

L'Ivresse sans fin des portes tournantes,
Le Castor astral, 2019

Le Pays imaginé,
traduit de l'espagnol (Argentine) par Jean-Marie Saint-Lu,
Actes Sud, 2013

L'Inoubliable,
traduit de l'espagnol (Argentine) par Jean-Marie Saint-Lu,
Actes Sud, 2011

L'Ombre du boxeur,
traduit de l'espagnol (Argentine) par Jean-Marie Saint-Lu,
Actes Sud, 2009

Les Petits Miroirs, édition bilingue,
traduit de l'espagnol (Argentine) par Jean-Marie Saint-Lu,
Maison des écrivains étrangers
et traducteurs de Saint-Nazaire, 2007

Rétrospective de Bernabé Lofeudo,
traduit de l'espagnol (Argentine) par Jean-Marie Saint-Lu,
Actes Sud, 2007

Tous les Funes,
traduit de l'espagnol (Argentine) par Jean-Marie Saint-Lu,
Actes Sud, 2004

La Vie impossible,
traduit de l'espagnol (Argentine) par Jean-Marie Saint-Lu,
Actes Sud, 2002, Prix Fernando Aguirre/Libralire

Madame Wakefield,
traduit de l'espagnol (Argentine) par Jean-Marie Saint-Lu,
Grasset, 2000 ; Babel, 2007

Le Désordre électrique,
traduit de l'espagnol (Argentine) par Claude de Frayssinet,
Grasset, 1998

En édition limitée

Le Vent des vainqueurs,
Les petites allées, 2020

Que vais-je devenir ? (avec Sophie G. Lucas),
Nuit myrtide, 2018

Poèmes de baby-foot,
Les Venterniers, 2017

Dans la bibliothèque oulipienne

Une question qui revient de loin,
volume 235, 2019

Les voyagent dispersent,
appendice final, volume 228, 2017

Grands succès (avec Étienne Lécroart),
volume 225, 2016

Dix-continuités,
volume 217, 2015

Funes se souvient / Funes se acuerda,
volume 206, 2014

Avec l'Oulipo

Les Villes indivisibles, Nous, 2024

On n'y échappe pas,
Boris Vian et l'Oulipo, Fayard, 2020

Cher Père Noël - vraies lettres inventées,
Librio, 2020 (en édition limitée)

(ÉDITIONS) LA CONTRE ALLÉE

Délaissant les grands axes, j'ai pris la contre-allée - A. Bashung et J. Fauque

*

Collection La Sentinelle

Une attention particulière aux histoires et parcours singuliers de gens, lieux, mouvements sociaux et culturels.

Bassoléa • Juliette Mézenc (2025)

Basculement-mère • Irma Pelatan (2025)

Au pieu • Selim-a Atallah Chettaoui (2025)

Labeur • Julie Bouchard (2025)

La Fenêtre • Isabel Alba (2025)
traduit de l'espagnol par Michelle Ortuno

Soudain Nijinski • Perrine Le Querrec (2024)

La Morelle noire • Teresa Moure (2024)
traduit de l'espagnol par Marielle Leroy

Passer l'été • Irène Gayraud (2024)

Claudio, regarde • Alfons Cervera (2024)
traduit de l'espagnol par Georges Tyras

Le Bercail • Nathalie Yot (2024)

Border la bête • Lune Vuillemin (2024)

Une forteresse de roseaux • Corinna Gepner (2023)

La Femme à la valise • Luisa Carnés (2023)
traduit de l'espagnol par Michelle Ortuno

Mississippi, la Geste des ordinaires
Sophie G. Lucas (2023)

Nuits de noces • Violaine Bérot (2023)

Sortir au jour • Amandine Dhée (2023)

Les Heures abolies • Lou Darsan (2023)

Le prénom a été modifié • Perrine Le Querrec (2022)

Le Pion • Paco Cerdà (2022)
traduit de l'espagnol par Marielle Leroy

Aventures dans la grammaire allemande et autres poèmes
Yoko Tawada (2022)
traduit de l'allemand par Bernard Banoun

L'engravement • Eva Kavian (2022)

Lettres à clipperton, une aventure épistolaire
Irma Pelatan (2022)

Tribu • Nathalie Yot (2022)

L'Arbre de colère • Guillaume Aubin (2022)

Avec Bas Jan Ader • Thomas Giraud (2021)

Tea Rooms • Luisa Carnés (2021)
traduit de l'espagnol par Michelle Ortuno

Pur sang • Makenzy Orcel (2021)

Un père étranger • Eduardo Berti (2021)
traduit de l'espagnol (Argentine) par Jean-Marie Saint-Lu

Poser problème • Antoine Mouton (2020)

L'Arrachée belle • Lou Darsan (2020)

Mère d'invention • Clara Dupuis-Morency (2020)

Rouge pute, suivi de La Couronne
Perrine Le Querrec (2020)

À mains nues • Amandine Dhée (2020)

Ce prince que je fus • Jordi Soler (2019)
traduit de l'espagnol (Mexique) par Jean-Marie Saint-Lu

Le Bruit des tuiles • Thomas Giraud (2019)

Le Nuage et la Valse • Ferdinand Peroutka (2019)
traduit du tchèque par Hélène Belletto-Sussel

L'Odeur de chlore • Irma Pelatan (2019)

Un autre monde • Alfons Cervera (2018)
traduit de l'espagnol par Georges Tyras

Le Nord du Monde • Nathalie Yot (2018)

Débarqué • Jacques Josse (2018)

La Ballade silencieuse de Jackson C. Frank
Thomas Giraud (2018)

L'Instant décisif • Pablo Martín Sánchez (2017)
traduit de l'espagnol par Jean-Marie Saint-Lu

Lettres nomades - saison 6 • Collectif (2017)

moujik moujik suivi de Notown • Sophie G. Lucas (2017)

Caverne suivi de Cadavres • Makenzy Orcel (2017)

Contre-jour • Sara Rosenberg (2017)
traduit de l'espagnol (Argentine) par Belinda Corbacho

Chômage monstre • Antoine Mouton (2017)

La femme brouillon • Amandine Dhée (2017)

Témoin • Sophie G. Lucas (2016)

Élisée, avant les ruisseaux et les montagnes
Thomas Giraud (2016)

*

Retrouvez notre catalogue
sur www.lacontreallee.com

CRÉDITS & REMERCIEMENTS

DIRECTION ÉDITORIALE Benoît Verhille
MAQUETTE Valérie Dussart
COUVERTURE Renaud Buénerd
RELECTURE & CORRECTION Sarah Gastel
ASSISTANCE ÉDITORIALE Marianne Kmiecik

NOUS REMERCIONS
Les équipes de
Belles Lettres Diffusion Distribution
Présence graphique
&
Aline Connabel, relation libraires

Les éditions La Contre Allée et Eduardo Berti
remercient les éditions Híbrida, en Argentine,
et les éditions Impedimenta, en Espagne, pour leurs
éditions respectives de *Faster* en langue espagnole.

D'abord publié en Espagne et en Argentine, *Faster* a été réécrit en français par Eduardo Berti lui-même, dans une version subtilement différente de l'édition en langue espagnole. Un peu comme ces souvenirs qui ne sont jamais tout à fait conformes à la réalité de ce que nous avons vécu dans le passé. 148e titre au catalogue de la maison, *Faster* est surtout la sixième contribution d'Eduardo Berti à ce catalogue – septième, même, puisque l'on n'oublie pas «Terril», une nouvelle parue dans le recueil *Lettres nomades, saison 4*, et déjà écrite, elle aussi, en français. À une époque où l'individualisme semble être une valeur cardinale, que cet ouvrage questionne les liens d'amitié, indéfectibles, ne peut que nous mettre en joie ! S'il y est autant question de musique que de la vitesse d'un champion de Formule 1, qui aura laissé son empreinte notre champ lexical, on en retient surtout la force des liens d'amitié, la joie de l'enfance et le tour parfois surprenant que prennent nos existences ! À quoi tient une carrière, parfois… C'est peut-être aussi cette question qui aura guidé Renaud Buénerd dans la création de la couverture, avec ce circuit tout droit sorti de notre enfance et sinueux comme le cours de l'existence, imprimé sur un papier Rives vergé 220 g, l'épaisseur idéale pour contenir l'imaginaire d'un romancier. C'est une nouvelle fois à l'imprimerie Présence graphique, située à Monts, près de Tours, et labellisée Imprim'vert®, que nous devons la fabrication de cet ouvrage. Après toutes ces courses folles que sont les différentes étapes éditoriales, *Faster*, doté du numéro imprimeur 032581147, peut enfin se retrouver sur la ligne de départ des librairies et terminer sa course au mieux entre vos mains, et au minimum sur les rayonnages de la BnF, grâce au dépôt légal, à partir du deuxième trimestre 2025. Pour votre confort de lecture, *Faster* est composé en Minion pro 11,5 points, reproduit sur un papier Clairefontaine 80 g, et porte l'ISBN 9782376651673.